제인에어

샬럿 브론테 지음
이 붕 엮음 / 최영란 그림

KB192142

✿ 효리원
hyoreewon.com

샬럿 브론테는 1816년 영국 요크셔의 손턴에서 태어났다. 그는
에밀리 브론테, 앤 브론테와 함께 영국의 세 자매 소설가로
유명하다. 특히 샬럿은 『제인 에어』를 써서 유명해졌으며,
지금까지 사랑받는 작품으로 남아 있다.
이 책의 제목인 『제인 에어』는 주인공의 이름이다. 샬럿 브론테는
가난한 목사의 딸이며, 조금 못생겼지만 강인한 성격에 어떤
어려움도 이겨 내는 용기와 사랑을 지닌 작가로, 『제인 에어』의
주인공 제인과 많이 닮았다.
제인은 일찍 고아가 되어 외숙모 리드 부인과 사촌들 사이에서
서럽게 자란다. 특히 사촌 존은 제인을 늘 못살게 굴고 괴롭힌다.
어느 날, 그런 존의 부당한 대우에 반항한 제인은 유령이 나올 것
같은 붉은 방에 갇혀 무서움에 떨다 기절한다. 그 후 제인은
자신을 치료하던 로이드 의사의 권유로 고아들을 키우는 반 자선
학교인 로드 학원으로 들어간다. 그 곳에서의 생활도 어렵고
궁색했지만, 사랑으로 보살피는 템플 선생님과 착한 아이 헬렌을
만나 제인은 여러 가지 역경을 헤쳐 나가며 밝게 자란다.
로드 학원에서 학생으로 6년, 선생으로 2년 모두 8년이나 지낸
제인은 결혼한 템플 선생님이 떠나자 마음의 기둥을 잃은
허전함에 새로운 세계로 나갈 결심을 한다. 그래서 가정 교사

소중한 ＿＿＿＿＿＿＿＿＿＿＿＿＿ 에게

＿＿＿＿＿＿＿＿＿＿＿ 가(이) 선물합니다.

＿＿＿＿＿＿＿＿＿＿

제인에어

샬럿 브론테 지음

영국 북부 호워스에서 태어난 샬럿 브론테는 에밀리와 앤 등 세 자매 작가로 더욱 유명합니다.
국교파의 목사였던 아버지를 따라, 세 자매는 평생 동안 호워스의 목사관에서 지냈습니다. 언니인 샬럿이
「제인 에어」를 출간하여 좋은 반응을 얻자, 에밀리는 「폭풍의 언덕」을, 앤은 「아그네스 그레이」를 곧바로 출간해
화제가 되었습니다. 이들의 작품은 '남성보다도 강하고, 아이들보다 더 순수하다.'는 평가를 받고 있습니다.

이 붕 엮음

1987년 「월간문학」에 동화가 당선되어 어린이들과 만나게 되었습니다. 눈높이아동문학상 ·
한우리청소년문학상 · 방정환문학상 등을 받았습니다. 그동안 지은 책으로는 「아빠를 닮고 싶은 날」
「엉뚱이의 모험」 「물꼬 할머니의 물 사랑」 「호호 병원」 「우리 엄마는 걱정 대장」 「열두 달 이야기 유치원」
「바른 생각 키워 주는 생각 동화」 「선생님 탐구 생활」 「비틀거리는 아빠」 등이 있습니다.

2021년 11월 25일 2판 5쇄 **펴냄**
2011년 8월 10일 2판 1쇄 **펴냄**
2004년 6월 1일 1판 1쇄 **펴냄**

펴낸곳 (주)효리원
펴낸이 윤종근
지은이 샬럿 브론테 · **엮은이** 이 붕
등록 1990년 12월 20일 · **번호** 2-1108
우편 번호 03147
주소 서울시 종로구 삼일대로 457, 1206호
전화 02)3675-5222 · **팩스** 02)765-5222

ISBN 978-89-281-0114-6 64840
잘못 만들어진 책은 구입하신 서점에서 바꾸어 드립니다.

이메일 hyoreewon@hyoreewon.com
홈페이지 www.hyoreewon.com

일자리를 찾아 손필드 저택으로 가게 된다. 그 곳에서 제인은
운명적인 사랑 로체스터를 만난다. 하지만 결혼식을 올리려는
순간 결혼을 반대하는 인물이 나선다. 그 동안 수수께끼처럼 남아
있던 몇 가지 의문이 한꺼번에 풀리지만 결혼은 물거품이 되고
만다. 로체스터와 헤어지는 아픔을 참으며 손필드 저택을 도망쳐
나온 제인은 세인트 존의 가족을 만나 새로운 생활을 하게 되는데,
이 때 아버지의 형제인 삼촌으로부터 유산을 물려받는다.
그러나 제인은 혼자 차지하지 않고 역시 사촌이었던 세인트 존의
삼 남매에게 나눠 준다.
제인은 세인트 존의 청혼을 받아들여 안정된 삶을 이루려나
싶지만, 다시 한 번 자신의 진정한 사랑을 확인하기 위해 화재로
장님이 된 로체스터를 찾아 나선다. 자신의 진정한 사랑이
로체스터임을 확인한 제인은 그와 결혼하여 행복하게 살게 된다.
『제인 에어』는 아프고 슬픈 기억을 가지고 있는 제인이 역경을
이겨 내는 이야기로, 진정한 용기와 사랑이 커다란 감동을 준다.
운명을 헤쳐 나가는 강인한 성격과 따뜻하면서 냉철한 판단력을
지닌 제인의 매력이 독자를 끝까지 사로잡는다. 제인과
로체스터의 사랑이 이루어지고, 깨어졌다가 다시 결혼을 하게
되는 과정은 진정한 사랑과 결혼의 조건이 무엇인지 생각하게
한다. 또 리드 부인의 행동을 보면서 인간의 질투가 얼마나
무서운지, 죽음 앞에 선 인간의 본성은 어떤 것인지에 관해 많은
생각을 하게 된다.

엮은이 이 붕

| 차례 |

붉은 방에 갇힌 가여운 아이

그 날은 오후부터 세찬 바람과 함께 차가운 겨울비가 내렸다.
손발이 꽁꽁 얼어붙는 듯한 추위가 매서웠지만, 산책을 하지
않아도 되므로 오히려 잘 된 일이었다. 나는 리드 가의
삼남매에 비해 몸이 약한 편이었지만 산책을 좋아하지
않았다.
리드 가의 삼남매인 엘리제와 존, 그리고 조지아나는
응접실에서 어머니와 정겨운 시간을 보내고 있었다. 난로 옆
소파에 편안한 자세로 앉은 리드 부인은 세 아이들에
둘러싸여 더없이 행복해 보였다. 내게 외숙모인 그녀는

자신의 행복에서 나를 오래 전에 제외시켰다. 그녀는 나를
그들만의 평화로운 행복에 끼어들지 못하게 하기 위해
이렇게 말했다.

"너를 우리 아이들과 놀지 못하게 하는 것은 안된 일이다만,
어쩔 수가 없다. 네가 솔직하고 착한 아이가 되기 전까지는,
아무 부족함 없이 행복하게 지내 온 내 아이들 사이에 끼워
넣을 수 없어."

나는 어떻게 해야 솔직하고 착한 아이가 되는 건지 알지
못했지만 묻고 싶지도 않았다.

그들의 행복한 모습을 피해, 나는 응접실 옆의 작은 방으로
살며시 들어갔다. 책장에서 그림이 많은 책 한 권을
뽑아 들고 창틀로 올라갔다. 창틀은 한 사람이 충분히
앉을 만큼 넓었다. 나는 책상다리를 한 다음, 빨갛고 두꺼운
커튼을 당겨 몸을 가렸다. 귀찮은 사촌들의 간섭에서
벗어나 마음놓고 책을 읽을 생각이었다.

책은 바닷새 외에는 아무것도 살지 않는, 남쪽에서 북쪽까지
흩어져 있는 노르웨이의 섬 이야기였다. 바닷가에 버려진
작은 배와 구름 사이로 보이는 푸른 달, 그리고 교회 묘지
위를 조용히 비치는 초승달 빛이 매우 쓸쓸해 보였다.

방문이 덜컹 열리며 존 리드의 큰 목소리가 들려온 것은 바로
그 순간이었다.

"어이, 바보! 뭐 하냐?"

나는 꼼짝 않고 커튼 위에 숨어 있었다. 방 안에 아무도
없다고 생각한 존이 버럭 화를 냈다.

"아니, 비 오는데 어딜 간 거야?"

머리가 빨리 돌아가지 않는 존은 나를 찾지 못하고 나갈
참이었다. 그런데 존을 따라 들어오던 엘리제가 말했다.

"제인은 커튼 뒤에 있을 거야, 틀림없어."

순간 나는 창틀에서 내려올 수밖에 없었다. 존 리드에게
끌려나오는 수모를 당하지 않으려는 본능이었다.

"왜, 왜 그래?"

나는 머뭇거리며 물었다.

"왜 그러느냐고? 버릇없이 굴지 말고 도련님이라고 해!"

존은 이제 겨우 열 살인 내게 늘 심술궂게 굴었다.

그는 열네 살이었는데, 나이에 비해 덩치가 크고 뼈대도
튼튼했다. 또 검고 혈색이 나쁜 피부에 미련하게 생긴
눈과 코를 가졌으며, 손발이 매우 컸다.

존은 자신의 어머니나 누이들에게 그다지 애정이 없었다.

"어이, 이리 잠깐 와."

존의 명령에 나는 걸음을 옮기지 않을 수 없었다. 처음에는
혀를 낼름거리며 놀렸다. 하지만 나는 대꾸하지 않았다.
그러자 느닷없이 나를 때리기 시작했다.

"이건 아까 우리 엄마에게 말대답한 벌이야!"

존은 계속 때리며 말했다.

"그리고 요건 커튼 뒤에 숨은 벌이다. 쥐새끼처럼
커튼 뒤에서 읽던 책 이리 가져와!"

나는 창틀로 가서 책을 가져왔다. 존은 책을 낚아채며
말했다.

"감히 네까짓 게 내 책장에 손을 대? 돈 한 푼도 없이
얹혀사는 거지 주제에……. 아버지가 아무것도 남기지 않고
죽어 버린 너는 우리와 달라. 그러니 우리랑 같이 먹거나,
비슷한 옷을 입을 자격이 없어!"

한참 동안 악담을 퍼붓던 존이 들고 있던 책을 갑자기 내게
던졌다. 나는 비명을 지르며 몸을 피했다. 하지만 책은
내 얼굴을 정통으로 맞혔고, 나는 넘어지면서 열려 있던
출입문 모서리에 머리를 사정없이 부딪치고 말았다.
엄청난 통증과 함께 현기증이 일었다. 그와 동시에

오랫동안 짓눌렸던 감정이 폭발하고 말았다.

"왜 때려, 이 나쁜 자식아! 사람을 노예 취급하는 넌 폭군
네로의 앞잡이보다 더 구역질나는 놈이야! 알기나 해?"

"뭐? 뭐라고!"

존이 소리치며 덤벼들었다. 내 머리와 어깨를 마구 때리는
존은 진짜 폭군이었고, 나는 미치광이처럼 반항했다.

순식간에 존의 지원군이 달려왔다. 엘리제와 조지아나가
자기들의 어머니에게 일러바친 것이다. 리드 부인이
하녀 베시와 에버트를 데리고 나타났다.

"이게 뭐야? 세상에, 도련님에게 덤벼들다니!"

"정말 나쁜 계집애네!"

욕설에 가까운 비난이 끝나자마자 리드 부인의 무서운
명령이 내려졌다.

"이런 못된 애가 있나. 당장 '붉은 방'에 가둬 버려!"

나는 발버둥치며 2층에 있는 붉은 방으로 끌려갔다.

"제발 이 팔 좀 놓아 줘요!"

베시와 에버트는 양쪽에서 나를 붙들고 가며 말했다.

"에어 아가씨, 큰 잘못을 한 거예요. 도련님은 아가씨의
주인이에요."

"어째서 존이 내 주인이에요? 내가 하인이란 말이에요?"

"오늘 한 행동에 대해 다시 한 번 잘 생각해 보세요."

나는 사람이 자지 않는 붉은 방에 팽개쳐졌다.

"아가씨는 마님의 신세를 지고 있는 몸이에요. 마님이
아가씨를 자기 아이들과 같이 기르는 것은 큰 친절이에요.
우리가 이런 얘기를 하는 것도 다 아가씨를 위해서예요."

베시가 부드러운 목소리로 말을 이었다.

"이 집에서 계속 살려면 말 잘 듣고 착하게 행동해야
할 거예요. 오늘처럼 난폭하게 굴면 마님은 아가씨를
쫓아 낼 거예요."

에버트와 베시는 문을 잠그고 가 버렸다.

문 잠기는 소리에 나는 소름이 끼쳤다. 이 방은 리드 외삼촌이 9년 전 숨을 거둔 방이었다.

'정말로 잠그진 않았을 거야.'

나는 기운을 차리려 애쓰며 문을 밀어 보았다. 문은 죄수를 가둔 감옥보다 더 굳게 잠겨 끄떡도 하지 않았다.

나도 모르게 거울로 눈이 갔다. 거울 속에서는 하얀 얼굴과 앙상한 손을 가진 이상한 아이가 나를 노려보고 있었다. 거울 속 아이는 공포에 떨며 눈만 끔벅거렸다. 저녁 식사 후 베시가 들려 주는 이야기 속에 나오는 작은 도깨비처럼 보였다.

'왜 나는 항상 괴롭힘을 당하고 꾸중만 들을까? 누군가 한 사람은 내 편이 되어 주어도 좋을 텐데……. 고집세고 건방진 엘리제에게는 모두들 그렇게 잘 해 주고, 응석받이에 성질도 나쁘고 욕 잘 하고 건방진 조지아나도 귀여워해 주는데…….'

존에게 얻어맞은 머리는 피가 멎지 않았고, 몹시 아팠다.

"너무해, 정말 너무해. 나를 때린 존은 괜찮고, 반대로 매를 맞은 내가 비난을 받아야 하다니!"

나는 몸과 마음의 고통을 이기지 못해 울부짖었다. 비는
끊임없이 창문을 때렸고, 숲에는 거센 바람이 불었다.
나는 슬픔을 삼키며 생각에 잠겼다.
'리드 외삼촌만 살아 계셨어도 이런 일은 없었을 거야.
고아가 된 나를 맡아 준 사람이니까. 삼촌은 부인에게 나를
자기네 아이들처럼 키우라고 부탁했다는데…….'
죽은 사람이 다시 살아온다는 얘기가 퍼뜩 떠올랐다. 자신이
맡았던 누이동생의 아이가 이렇게 학대받는 걸 안다면,
외삼촌의 망령이 지금 이 방에 모습을 나타낼지도 모른다는
생각이 들었다.
그런 생각에 잠겨 있는데, 빛 한 줄기가 벽을 비췄다. 불빛은
영락없이 저 세상에서 온 혼령으로 생각되었다. 순간 나는
너무 무서워서 견딜 수가 없었다. 정신 없이 문을 두드렸다.
덜컹거리는 문 소리에 베시와 에버트가 들어왔다.
"흑흑…… 무서워. 불빛이 들어왔어. 유령, 유령이 왔나 봐."
베시의 손을 붙잡고 울부짖자, 에버트가 비꼬듯 말했다.
"헛소리하지 말아요. 아가씨의 수법을 다 알고 있으니까요."
"웬 소란이니?"
그 때, 리드 부인이 예쁜 드레스 자락을 끌며 나타났다.

"제인 아가씨가 무섭다고 큰 소리를 질러서……."

베시가 안타까운 눈빛으로 나를 가리키며 대답했다.

"어린애가 이런 꾀를 부리다니……. 다 소용 없는 짓이야!
반성하는 자세로 조용히 있어야 내보내 줄 테다."

"외숙모, 제발 용서해 주세요. 차라리 다른 벌을 주세요.
여긴 너무 무서워요. 무서워 죽겠다고요. 만일……."

리드 부인은 내가 연기를 하는 것으로 여겼다. 그리고 나를
방 안쪽으로 떠다밀며 말했다.

"진심으로 반성하기 전에는 절대 내보내 주지 않을 테니
그리 알아!"

거칠게 닫힌 문은 곧 찰카닥 소리를 내며 잠겼다.

나는 발작을 일으키며 의식을 잃고 말았다.

많은 시간이 흐른 뒤에야 무서운 꿈에서 벗어날 수 있었다.

나는 힘겹게 눈을 떴다. 밤이었다. 누군가 부드러운 눈길로
나를 지켜보고 있었다. 책상 위에는 촛불이 너울거리고
있었다. 베시가 대야에서 수건을 짜고 있었으며 한 신사가
머리맡 의자에 앉아 나를 내려다보고 있었다.

"깨어났군요. 내가 누군지 알겠지요?"

하인들이 병이 나면 리드 부인이 부르는 약제사 로이드

씨라는 게 곧 생각났다. 나는 안도의 숨을 쉬며 대답했다.

"네, 로이드 선생님."

"다행이에요. 차츰 기운이 날 테니 안심해요."

로이드 씨는 내가 편히 잠들도록 해 주라고 베시에게 말했다.

정말 오랜만에 내 편이 생겼다는 느낌에 눈물이 핑 돌았다.

그러나 로이드 씨가 문을 닫고 가 버리자 허전한 마음에 다시

슬픔이 밀려왔다.

"아가씨, 마음 푹 놓고 잠들어요."

베시가 걱정하는 목소리로 말했다. 뜻밖이었다. 베시는

곧 하녀 사라를 데리고 오더니 나랑 함께 잔다고 했다.

촛불이 꺼지고 소곤거리던 베시와 사라가 잠이 들었다. 나는

쉽게 잠을 이루지 못하고 기나긴 밤을 보냈다.

다음 날 오전, 리드 부인이 아이들과 함께 마차를 타고

외출하는 소리가 들렸다. 오후에 로이드 씨가 다시 왔다.

"벌써 일어났어요?"

로이드 씨가 들어오더니 나의 이마를 짚어 보고 열을 쟀다.

베시가 방을 나가자 로이드 씨가 내게 물었다.

"어제는 무슨 일이 있었어요? 왜 그렇게 기분이 나빴지요?"

"유령이 나오는 방에 갇혀 있었어요."

"유령? 하하하, 아직 아기군요. 유령이 있다고 믿어요?"

"리드 아저씨의 유령이었어요. 그 방은 아저씨가 숨을 거둔 곳이고 관도 그 방에 놓여 있었어요. 그런 방에 나 혼자 가두었다구요. 얼마나 무서웠는데요."

"누가 가둬요? 친절한 외숙모와 외사촌들이 있는데."

"존이 사정없이 나를 때렸는데, 외숙모는 나를 붉은 방에 가두었어요. 이 곳을 벗어나고 싶어요."

놀란 눈으로 나를 바라보던 로이드 씨는 한참 동안 생각에

잠겨 있었다. 그런 다음 이렇게 물었다.

"학교에 가고 싶지 않으세요?"

학교에 간다는 것은 게이츠헤드 저택에서 완전히 멀어지는 것, 새로운 생활을 시작하는 것을 의미했다. 나는 간절한 마음으로 말했다.

"학교에라도 갔으면 좋겠어요."

그 때, 자갈길을 올라오는 마차 소리가 들렸다. 리드 부인이 돌아왔다고 베시가 말하자 로이드 씨는 방을 나가며 말했다.

"리드 부인에게 내가 얘기할 게 있다고 전해요."

이 날 로이드 씨는 리드 부인에게, 나를 학교에 보내도록 권했다고 했다. 그 일은 며칠 후 에버트와 베시가 하는 말을 들어서 알게 되었다. 또다른 사실도 알게 되었는데 주로 나의 아버지와 어머니에 대한 이야기였다. 아버지는 가난한 목사였으며, 어머니는 주위 사람들의 반대를 뿌리치고 신분이 낮은 아버지와 결혼했다는 것이었다. 나의 외할아버지는 어머니의 고집에 화가 나서 재산을 한 푼도 주지 않았다. 그런데 결혼한 지 1년 후, 아버지는 빈민굴을 돌다가 장티푸스에 걸리고 말았다. 그러고는 어머니마저 병이 옮아 두 사람 다 세상을 떠나고 말았다는 이야기였다.

새로운 곳을 향하여

베시는 마음이 고왔으며, 눈치가 빠르고 예뻤다.

그녀는 게이츠헤드에서 내게 친절하게 대해 주는 유일한

사람이었다.

그녀가 나를 부르러 온 것은 1월 15일 오전 아홉 시경이었다.

베시는 나를 욕실로 데려가더니 세수를 시키며 친절하게

말했다.

"아가씨, 마님이 부르시니 내려가 보세요."

다른 날과 다르다는 걸 느끼며 식당으로 들어갔다. 외숙모

옆에는 까만 옷을 입은, 딱딱한 표정의 남자가 앉아 있었다.

리드 부인이 눈짓으로 나를 가리키며 말했다.

"쟤가 맡기려는 아이예요."

리드 부인의 말에 그는 나를 찬찬히 뜯어보더니 딱딱하고

굵은 목소리로 말했다.

"키가 작군요. 나이는?"

"열 살이에요."

"제인 에어, 자신이 좋은 아이라고 생각하나요?"

나는 얼른 대답을 할 수 없어 가만히 있었다. 외숙모가

머리를 가로저으며 대신 말했다.

"브로클허스트 선생님, 삼 주 전에 편지로 말씀드렸듯

이 애는 꼭 학교에 다녀, 남을 속이는 나쁜 버릇을 고쳐야

합니다. 그렇게 해 주시면 정말 고맙겠어요."

리드 부인이 손님 앞에서 뱉은 비난의 말은 나를 몹시

아프게 했다.

"남을 속이는 것은 아주 나쁜 버릇이에요."

브로클허스트 씨는 기계처럼 또박또박 말했다.

"거짓말쟁이는 불과 유황이 타는 지옥으로 떨어지게 되어

있어요. 리드 부인, 학교에서 감독을 잘 하겠습니다."

"제발 이 애가 자신의 장래를 위하여 겸손한 마음을 배울 수

있었으면 좋겠어요. 휴가 때도 집으로 보내지 말고
그냥 학교에서 맡아 주세요."

"무슨 말인지 잘 알겠습니다."

곧 브로클허스트 씨는 돌아갔고 방에는 리드 부인과 나만
남았다. 리드 부인은 바느질을 했고 나는 말없이 그녀를
지켜보았다. 나에 대하여 리드 부인이 브로클허스트 씨에게
한 말을 떠올려 보았다. 한 마디 한 마디가 아픔으로
살아나면서 원망이 가슴을 가득 채웠다. 나는 마음 속에서
부글거리는 말을 결국 내뱉고 말았다.

"나는 남을 속이지 않아요. 만일 속이고 싶다면, 당신을
좋아한다고 할 거예요. 하지만 나는 당신을 좋아하지 않아요.
당신이 세상에서 제일 싫어요."

리드 부인은 바느질하던 손을 멈추고 얼음처럼 차가운
눈으로 바라보았다.

"무슨 얘기를 하고 싶어서 그러니?"

"당신 같은 사람이 내 부모가 아니라서 다행이에요. 나는
살아 있는 한, 당신을 외숙모라고 부르지 않겠어요. 만일
누군가가 당신이 내게 무슨 짓을 했느냐고 물으면, 생각만
해도 기분이 나쁘다고, 당신은 나를 비참하고 참혹하게

대우했다고 말하겠어요."

"어떻게 그런 말을 할 수 있니, 제인?"

"모르는 사람들은 당신을 좋은 여자라고 생각하겠지만,
당신은 정말 나쁜 사람이에요. 인정머리라곤 손톱만큼도
없는 사람이에요. 당신이야말로 남을 속이고 있어요."
마음 속의 말을 내뱉고 나니 지금까지 느껴 본 적이 없는
자유로움과 승리감이 느껴졌다. 리드 부인은 겁먹은
얼굴이 되었다.

"당신은 브로클허스트 선생님에게 내가 성질이 나쁘고 남을
속이는 버릇이 있다고 말했어요. 그러니까 나도 당신이 어떤
사람이고, 내게 무슨 짓을 했는지 모두 알게 하겠어요."
나는 거칠게 소리를 질렀다. 그 동안 꾹꾹 참았던 분노가
터져 나온 것이다.

"하루라도 빨리 학교로 보내야겠구나."
리드 부인은 낮은 소리로 중얼거렸다. 나는 복수의 통쾌한
맛을 처음 느끼며 식당 유리문을 열고 밖으로 나갔다. 정원의
나무들이 조용히 서서 나를 지켜보았다. 나는 나무숲을
향하여 걸어갔다. 어느 새 통쾌함은 사라지고 비참한 심정이
되었다.

그 때, 나를 부르는 맑은 목소리가 들려왔다.

"제인 아가씨, 어디 있어요? 점심이에요."

베시였다. 그녀는 가벼운 발걸음으로 오솔길을 따라 걸어왔다.

"빨리 와요, 좋은 소식을 알려 드릴 테니까."

"좋은 일? 언제 나한테 좋은 일이 있겠어요, 베시."

"차를 마신 후 서랍을 정리하세요. 짐을 꾸리라는 뜻이에요. 물론 내가 도와 줄 거예요. 마님은 하루나 이틀 후에 아가씨를 학교로 떠나보낸다고 했어요. 이제 자유로운 곳으로 가는 거예요. 가져가고 싶은 장난감도 모두 고르세요."

드디어 게이츠헤드를 떠날 날이 다가왔다는 것을 알 수 있었다.

"베시, 내가 떠날 때까지는 꾸짖지 않겠다고 약속해 줘."

"약속할게요. 물론 아가씨가 착하게 행동하면 나를 두려워하지 않아도 되지만요. 난 아가씨를 좋아해요. 그건 알고 있죠?"

베시가 허리를 굽혀 나를 안았다. 나도 그녀를 포옹했다. 그 동안 섭섭했던 일이 사르르 녹아 내리며 마음의 위로가

되었다. 베시와 나는 손을 잡고 집으로 들어갔다.

나흘 후인 1월 19일 새벽 다섯 시, 베시가 촛불을 들고

내 방으로 왔다. 여섯 시에 집 앞을 지나는 역마차를 타고

게이츠헤드를 떠나게 되어 있었다. 나를 배웅하기 위해

일어난 사람은 베시 혼자였다. 리드 부인은 전날 저녁에 잠을
방해하지 말라는 말을 했기 때문에 작별 인사를 할 필요도
없었다. 베시는 가는 도중에 먹을 수 있도록 비스킷을 싸서
가방에 넣어 주었다.

"안녕, 게이츠헤드!"

홀을 지나 현관을 나오며 나는 지겨운 감옥을 벗어나는
기분으로 소리쳤다. 여섯 시를 알리는 시계 소리와 함께
마차의 바퀴 소리가 들려왔다.

나는 트렁크를 마차에 싣고 베시의 목에 매달려 키스를 했다.
마차가 움직이기 시작했다. 나는 베시와 게이츠헤드를 떠나
미지의 나라, 새로운 삶이 기다리는 곳을 향하여 출발했다.

이 여행에 대해서는 별로 특별한 기억이 없다. 몇백 마일인지
알 수 없는 먼 길을 여행하느라 몹시 지루했다는 것뿐이었다.
밤이 되자 세찬 바람 소리가 들렸다. 나는 이내 잠이
들었으나, 갑자기 마차가 멎는 바람에 곧 눈을 떴다. 마차
앞에 안내인으로 보이는 여자가 서 있었다.

"제인 에어라는 아이를 데려왔나요?"

"네, 제가 제인 에어입니다."

마부 대신 내가 대답했다. 눈 앞에 담이 보였고, 담에 달린

문이 열려 있었다. 나는 안내인을 따라 들어갔다. 난로가
있는 따뜻한 방에서 언 손을 녹이고 있을 때, 두 사람이
들어왔다. 먼저 들어온 사람은 검은 머리, 검은 눈, 하얀
피부와 넓은 이마를 가진 키가 큰 부인이었다. 위엄 있고,
단정해 보이는 모습이었다. 주의 깊게 나를 훑어본 그 사람이
혀를 차며 말했다.

"이렇게 어린 아이를 혼자 보내다니, 쯧쯧쯧……."

그녀는 함께 온 사람에게 말했다.

"곧 재우는 게 좋겠어요. 침대로 데려가기 전에 저녁을
먹이세요, 미스 밀러."

미스 밀러에게 나를 딸려 보내며 덧붙였다.

"좋은 아이가 되길 바라요!"

나는 미스 밀러를 따라 좁다란 방으로 갔다. 거기에는
열 살에서 스무 살 정도까지의 소녀들이 앉아 있었다.
학생들은 모두 이상한 모양의 똑같은 털옷을 입고 있었고,
삼베로 된 긴 앞치마를 걸치고 있었다.

식사가 끝나고 밀러가 기도를 마치자 학생들은 두 줄로 서서
2층으로 올라갔다.

나는 그 날 밤만은 밀러와 같은 침대에서 자게 되었다.

그녀는 내가 옷 벗는 것을 도와 주었다. 내가 자리에
눕자마자 오직 하나뿐인 촛불이 꺼졌다. 침묵과 암흑 속에서
나는 잠이 들었다.

이튿날, 종 소리가 요란하게 울리는 바람에 나는 잠에서
깼다. 날이 아직 새지 않았기 때문에 날씨는 몹시 추웠고,
나는 떨면서 옷을 갈아입었다.

"각 학급별로 서세요!"

나는 가장 어린 아이들 반으로 가서 맨 끝자리에 앉았다.
일과가 시작되었다. 기도를 하고, 성서를 읽은 후에야 날은
완전히 밝았다. 종이 네 번째 울렸을 때, 식사를 하기 위해
다른 방으로 갔다. 배가 고파 정신이 아득했던 나는 허겁지겁
음식을 퍼먹었다. 그러나 차츰 배고픔이 사라지자 그것이
도저히 먹을 수 없는 식사였음을 알았다. 다른 학생들의
숟가락질에도 기운이 없었다.

아홉 시를 알리는 종이 울렸다. 밀러 선생님이 교실
한가운데로 나와 서더니 이렇게 외쳤다.

"모두들 조용히! 제자리에 앉아요."

규율은 군대처럼 엄격했다. 5분도 채 되기 전에 어수선함이
사라지고, 모두 질서 있게 줄을 섰다.

'무슨 일일까? 아무 말도 없었는데…….'

나는 어리둥절하여 주위를 둘러보았다. 곧 모두의 시선이
한군데로 집중되었다. 간밤에 나를 맞이해 준 부인이
들어오고 있었다. 그녀는 낮에 보니 더 아름답고 훌륭했다.
갈색 눈에는 사랑이 담겨 있었으며, 긴 눈썹은 하얀 피부와
어울려 돋보였다. 아름다운 모습과 당당함이 한데 어우러져
품위 있어 보였다. 부인은 교장 선생님이었고, 이름은
마리아 템플이었다.

상급생들은 지리 공부를 시작했고, 하급반은 각기 다른
선생님들에게 역사와 문법 등을 배웠다.

마침내 시계가 열두 시를 알리자 교장 선생님은 자리에서
일어났다.

"오늘 아침 식사는 여러분이 먹을 수 없는 것이었습니다.
꽤 배가 고플 것입니다. 그래서 점심은 빵과 치즈를
준비하도록 했습니다."

선생님들이 놀란 눈으로 교장 선생님을 쳐다보았다.

"걱정하지 않아도 됩니다. 내가 책임지고 결정한 일입니다."

교장 선생님은 곧 빵과 치즈를 나눠 주었다. 학생들의
표정이 환하게 밝아졌다.

점심을 먹은 후 교정으로 나와 보니 높은 담에 둘러싸여서
바깥 경치는 보이지 않았다. 날씨는 운동을 하기에
썩 괜찮았다. 몸이 건강한 소녀들은 뛰어다니며 놀았고, 약한
아이들은 베란다 밑에 모여 추위를 피하고 있었다. 나는
정원을 둘러보았다. 현관의 머릿돌에 글자가 새겨져 있었다.

로드 학원
브로클허스트 홀의 나오미 브로클허스트에
의해 재건되다.

이와 같이 너의 빛을 사람들 앞에 빛나게 하라.
그들에게 너희가 좋은 일을 보이고 하늘에 계시는
너의 아버지를 찬양하게 하라. (마태복음 5장 16절)

여러 번 읽었으나 잘 이해되지 않는 글이었다. 마침 가까운
돌벤치에 앉아 열심히 책을 읽고 있는 소녀가 눈에 띄었다.
나는 그 애에게 다가가 물었다.
"얘, '로드 학원'이 무슨 뜻이야? 어째서 학교라고 하지 않고

학원이라고 하는 거니?"

"반은 자선 학교야. 여기 있는 우리들은 자선가들의 지원을
받고 있는 거야. 너도 고아지?"

"부모님은 두 분 다 내가 아주 어렸을 때 돌아가셨어.
나오미 브로클허스트는 어떤 분이니?"

"이 건물의 일부를 새로 세운 여자. 지금은 그분의 아들이
감독하고 지시하는 거야."

"그럼 아까 빵과 치즈를 준 그 선생님 것이 아니구나?"

"템플 선생님? 그분은 대단히 좋은 분이셔. 그분은 다른
선생님과는 달라."

그 아이는 친절하게 대답해 주었다. 그런데 그 아이는 오후
역사 공부 시간에 스캐처드 선생님으로부터 꾸중을 들어
교실 한가운데서 벌을 서야 했다. 좋은 아이 같았는데 가까이
갈 수는 없었다.

오후 다섯 시가 되자 우리는 또 식사를 했다. 그 뒤 30분
쉬고 이어서 자습을 한 뒤 물 한 잔과 귀리 케이크 한 조각을
먹었다. 또 기도를 하고 잠자리에 들었다. 로드 학원에서의
첫날은 이렇게 끝을 맺었다.

로드 학원에서

학원에서의 일과는 변함없이 이어졌다. 나는 제4방에서
정식으로 받아야 할 수업과 일에 대해 이야기를 들었다.
오후에 보니 대부분의 아이들은 바느질을 하고 있었다.
한 반은 스캐처드 선생님 둘레에 모여 책을 읽고 있었는데,
그 중에 내게 친절했던 아이도 있었다. 그 아이는 스캐처드
선생님께 여전히 꾸중을 들었다.
그 날 저녁, 그 아이는 난로 앞에 무릎을 꿇고 앉아 희미한
불빛 아래서 조용히 책을 읽고 있었다. 나는 조심스럽게
그 아이에게 다가갔다.

"이름이 뭐니?"

"헬렌이야."

위로를 해 주고 싶은데 적당한 말이 떠오르지 않아

겨우 이렇게 물었다.

"이런 데서 빨리 나가고 싶지?"

"왜 그렇게 생각하니? 교육을 받기 위해 들어왔는데 도중에

왜 나가니? 목표를 이룰 때까지는 나갈 수가 없어."

"스캐처드 선생님이 너를 심하게 괴롭히던데?"

"괴롭혀? 그렇지 않아. 조금 엄격하실 뿐이야. 내가 좀더

잘 하면 꾸중하지 않으실 텐데, 워낙 못 해서 그러시는

거야."

"모두 보는 앞에서 막대기로 얻어맞고, 교실 복판에

세워지는데 얼마나 부끄럽니? 나 같으면 도저히 참을 수

없을 거야."

"모두 내 탓이야. 그러니 참아야지."

헬렌은 마치 눈에 보이지 않는 지혜의 빛으로 둘러싸인

아이 같았다.

"템플 선생님은 참으로 좋은 분이야. 나의 잘못을

다 아시면서도 늘 상냥하게 주의를 주셔."

헬렌의 말을 들으며 생각해 보니 내 마음은 아직도 미움으로
가득 차 있는 것 같았다. 나는 솔직하게 내 마음을
털어놓았다.

"나는 아무리 애를 써도 누군가 나를 미워하면 나도
그 사람을 미워하게 돼. 이유 없이 벌을 받으면 반항할
수밖에 없다고 생각해."

"신약 성서를 읽어 봐. '네 원수를 사랑하고 너희를 저주하는
자를 축복하라. 너희를 미워하고 너희를 천하게 부리는
자에게 선을 행하라.'고 씌어 있잖아."

"그럼 나는 리드 부인을 사랑해야겠구나? 하지만 난 그렇게
안 돼. 아니, 안 할 거야. 존 리드를 축복하라고? 그것은
도저히 불가능해."

나는 원수 같은 게이츠헤드 저택의 리드 부인과 사촌들에
대한 이야기를 헬렌에게 모두 털어놓았다. 흥분하면
난폭해지는 나는 느낀 그대로 마구 늘어놓았다. 헬렌은
끝까지 참고 들어 주었다.

그 날부터 헬렌과 친하게 지낼 수 있었던 것은 다행이었다.
그렇지만 로드 학원에서의 한 학기는 참으로 길게 느껴졌다.
새로운 규칙을 익히고 처음 배우는 공부에 적응하느라 애를

먹었다. 특히 힘들고 괴로울 때는 겨울철의 일요일이었다. 학교 후원자가 봉직하고 있는 브로클브리지 교회까지 2마일이나 되는 길을 걸어가야 했기 때문이었다. 다행히 템플 선생님은 우리에게 힘을 주고, 우리를 씩씩한 병사처럼 행진시키기 위해 스스로 앞장서서 걸어가곤 했다.

브로클허스트 씨는 내가 온 후 한 달 가량을 다른 지방에 가 있었으므로 보지 못하고 있었다.

그러던 어느 날 오후, 우리들은 물론 선생님들까지 일렬로 세우고서 그는 성큼성큼 걸어 들어왔다. 게이츠헤드에 나타나 눈썹을 찡그리며 차갑게 서 있던 모습 그대로였다. 나는 두려워서 온몸이 굳은 채 서 있었다. 그럴 만한 특별한 이유가 있었다. 그가 리드 부인이 말한 나의 못된 버릇을 고치겠다고 했던 일을 나는 결코 잊지 않고 있었다. 템플 선생님을 비롯해 다른 모든 선생님에게 나의 나쁜 성질과 행동을 알리겠다고 한 브로클허스트 씨의 약속을 말이다.

그는 템플 선생님 옆에 서더니 시시콜콜한 얘기들을 늘어놓았다.

"학생들에게 긴 바늘을 한 개 이상 주지 마세요. 털실

스타킹은 기워서 신도록 하세요."

브로클허스트 씨는 템플 선생님을 빤히 쳐다보며 물었다.

"전교생에게 빵과 치즈를 일 주일에 두 번 이상이나 나누어 주었다는데, 어떻게 된 일이지요?"

"제가 판단하고 그렇게 한 일이니 이해해 주셨으면 합니다."

템플 선생님은 당당하게 말했다.

"아침 식사가 너무 형편 없어 학생들이 제대로 먹지 못했어요. 점심까지 그렇게 줄 수가 없었어요."

"선생님, 사람은 빵으로만 사는 게 아니에요. 하느님의 말씀으로 사는 게 더 중요해요. 이 아이들의 입에 빵과 치즈를 줌으로써 육체를 보살폈을지 모르지만, 영혼을 굶주리게 한다는 사실은 생각하지 않았나요! 만일……."

말을 이으려던 브로클허스트 씨는 순간 큰 방해를 받고 말았다. 하필이면 내 손에서 석판이 떨어져 큰 소리를 낸 것이다. 모든 눈이 내게로 쏠리고 말았다.

"저런 버르장머리!"

브로클허스트 씨가 소리를 지른 다음 명령했다.

"석판을 깬 학생은 앞으로 나와요!"

나는 몸이 얼어붙어 혼자 힘으로 움직일 수가 없었다.

템플 선생님이 다가와 나를 부축하여 데리고 나가며
작은 소리로 용기를 주었다.

"겁내지 않아도 돼요. 일부러 그런 게 아니라 실수라는 걸
아니까 벌을 받지는 않을 거야."

브로클허스트 씨는 높은 의자 하나를 가리키며 소리쳤다.

"저 의자를 이리 가져와!"

나는 아무 생각도 나지 않았다. 자세한 일을 기억할 정신이
없었다. 내가 브로클허스트 씨의 코 높이까지
들어올려졌다는 것, 그가 내게서 1야드도 떨어지지 않는
곳에 있다는 것뿐이었다.

"템플 선생님과 여러 선생님들, 그리고 학생 여러분, 이 애가
보입니까? 이 애는 기독교를 믿는 나라에 태어났으면서도
거짓말을 잘 한답니다. 이 아이를 거두어 준 은인으로부터
들었어요. 그분은 대단히 자비로운 여인으로 고아가 된
이 아이를 친자식처럼 길렀어요. 그런데도 이 아이는 그
은혜를 몰랐어요. 그래서 우리 학교로 보내진 거예요. 여러
선생님, 그리고 교장 선생님, 부탁인데 이 아이 때문에 다른
아이들까지 나쁜 물이 들지 않도록 신경 써 주세요."

브로클허스트 씨는 다시 나를 노려보며 말했다

"앞으로 30분 동안 여기 세워 벌을 주세요. 오늘 하루 누구도
이 애랑 말을 해서는 안 됩니다."

나는 목이 막혀 숨을 제대로 쉴 수가 없었다. 그러나 모두

식사를 하러 갔고, 나는 그 자리에 서서 벌을 받아야 했다.
헬렌은 스미스 선생님에게 재봉에 대해 뭔가 질문을 하고
돌아가면서 나를 보고 웃어 주었다. 누구도 말을 걸어서는
안 되는 때에 헬렌의 웃음은 내게 큰 위로가 되었다.
벌을 서기로 한 30분이 지나자, 나는 마루 구석에 가서
앉았다. 참고 견딘 억울함이 터져 나와 마침내 울고 말았다.
많은 사람과 친하게 지내며 사랑을 받고 싶었다. 덕분에 밀러
선생님은 나를 칭찬해 주셨고, 템플 선생님의 믿음이 담긴
미소도 받았었다. 그 동안 학생들과도 잘 사귀었다. 그런데
이토록 슬픈 일이 생기다니 죽고만 싶었다. 생각할수록
슬픔과 실망이 밀려와 흐느끼고 있을 때, 누군가 다가왔다.
헬렌 번스였다. 헬렌은 커피와 빵을 가지고 왔다.
"제인, 뭐라도 먹어야지!"
헬렌은 내 곁에 앉아 두 팔로 무릎을 싸안고 머리를 무릎
위에 얹은 채 말없이 나를 바라보았다.
"헬렌, 모두 나를 거짓말쟁이라고 생각하는데 왜 가까이
오는 거니?"
"아무도 브로클허스트 씨를 좋아하지 않아. 그리고 말야,
세상 사람들이 모두 너를 나쁜 아이라고 믿어도, 너 자신만

그렇지 않다면 되는 거야. 알았지?"

"내가 아무리 떳떳해도 무슨 소용이니? 남이 나를 사랑해
주지 않는다면 차라리 죽는 게 나아. 이제 더 이상 미움받는
것은 참을 수가 없어."

"제인, 너는 사람의 사랑을 너무 크게 생각하는 것 같아.
눈에 보이지 않는 세계도 중요한 거야. 사람의 생명이 끝나
죽음이 닥치면 거기엔 또다른 행복과 영광의 세계가 있을 수
있어. 슬픔이나 괴로움에 빠져서는 안 돼."

헬렌의 말은 나의 마음을 가라앉게 했는데, 그 말 속에는
왠지 큰 슬픔이 담겨 있는 것 같았다. 헬렌은 숨이
거칠어지더니 가벼운 기침을 했다. 헬렌과 나는 한참 동안
말없이 앉아 있었다. 그 때 템플 선생님이 들어왔다.

"제인 에어, 내 방으로 오렴. 헬렌 번스도 같이."

헬렌과 내가 템플 선생님 방으로 갔더니 따뜻한 표정을
지으며 물었다.

"울 만큼 실컷 울었니? 슬픔은 사라졌니?"

템플 선생님이 내주는 의자에 앉으며 나는 솔직하게
털어놓았다.

"아무리 울어도 슬픔이 사라지진 않아요. 이제 선생님이나

다른 사람들 모두 나를 나쁜 아이라고 생각할 텐데, 어떻게
슬프지 않겠어요."

"제인, 누구도 다른 사람이 던진 한 마디로 너를 판단하지
않아. 네가 어떤 아이인지 각자의 눈으로 지켜보는 거야."
템플 선생님은 나를 안아 주며 말했다.

"제인, 부풀리거나 쓸데없는 설명은 빼고 재주껏 자신을
변호해 보렴."

나는 침착하게 리드 부인과 의사 로이드 씨의 일 등을
얘기했다. 그리고 잊어버릴 수 없는 '붉은 방'에서의 일도
얘기했다. 듣고 난 템플 선생님은 이렇게 말했다.

"로이드 씨는 마침 나도 알고 있는 사람이구나. 이렇게 하자.
내가 그 사람에게 편지를 보내서 네가 말한 것과 같은 답장이
오면 결백해지는 거야. 네가 결백하다는 걸 나는 이미
믿지만, 다른 사람에게도 충분히 증명이 되도록 말야."
나를 다시 한 번 안아 준 선생님은 헬렌에게 물었다.

"오늘도 기침 많이 했니?"

"조금 덜 했어요."

선생님은 헬렌의 맥을 짚으며 낮게 한숨을 쉬었다.

잠시 생각에 잠겼다가 이내 밝은 목소리로 말했다.

"자, 이리 와서 이것이나 맛있게 먹으렴."

선생님은 차와 토스트를 내놓고, 서랍에서 커다란 케이크도
꺼냈다. 우리는 그 날 밤, 얼마나 맛있게 그것을 먹었는지
모른다. 그러는 동안 선생님은 헬렌과 많은 얘기를 했다.
두 사람 다 책을 많이 읽었다는 걸 알 수 있었다.
이윽고 취침 시간을 알리는 종이 울리자, 템플 선생님은
우리를 가슴에 끌어안으며 중얼거렸다.

"하느님의 은총이 이 아이들에게!"

선생님은 헬렌을 나보다 오래 안고 있었다. 그리고 한숨을
내쉬며 눈물을 흘렸다.

이 일이 있고 나서 1주일 후, 템플 선생님은 로이드 씨로부터
답장을 받았다. 선생님은 전교생을 모아 놓고 '제인 에어에
대하여 알아본 결과 거짓말쟁이라는 것은 사실이 아니다.
제인은 결코 나쁜 애가 아니다.' 라고 발표했다.

나는 그 순간부터 새로운 기분으로 공부를 했으며 어떤
어려움이 닥쳐도 지지 않고 나의 길을 가겠다고 결심했다.
노력한 만큼 성적도 올랐다. 경제적인 어려움은 있었지만,
불행했던 게이츠헤드 저택의 사치스런 생활과 결코 바꾸고
싶지 않은 날들이었다.

헤어진 사람들

온갖 식물들이 왕성하게 자라고, 짙은 숲 속에 엷은 황금색
빛이 비치는 5월이었다. 나는 자연의 아름다움을 혼자서
마음껏 즐기고 있었다.

이 이상한 자유가 찾아온 것은 다름 아닌, 안개가 많은 로드
숲에 퍼진 전염병 때문이었다. 고아원 같은 빈민 학원에
티푸스가 유행한 것이다.

학원은 순식간에 병원으로 바뀌어 버렸다. 80명의 학생 중
45명이 한꺼번에 병에 걸렸고, 다행히 병에 걸리지 않은
학생에게는 자유가 주어졌다. 죽음의 그늘이 차츰 짙어져

갔고, 방과 복도에서 병원 냄새가 났다.

5월의 햇살은 언덕이나 숲 위에 밝게 내리쪼이며 학교의
뜰을 온통 꽃으로 장식했다. 그러나 그 향기로운 꽃들도 가끔
관 속에 넣어지는 것 외에는 아무 소용도 없었다. 식사하는
사람의 수도 줄었고, 환자는 별로 먹지 않기 때문에 음식이
남아돌았다. 우리는 그걸 가지고 숲으로 가서 각자 좋은
장소를 골라 식사를 하기도 했다.

그 동안 헬렌은 앓고 있었다. 그녀는 2층 어느 방으로
옮겨져서 내 눈에는 띄지도 않았다. 그녀는 티푸스가 아니라
폐병을 앓고 있었다. 그 때 나는 폐병이란 간호만 잘 하면
틀림없이 좋아질 수 있는 병이라고 생각하고 있었다.

6월 어느 날, 숲에서 캐어 온 풀을 화단에 심으려다
문득 이런 생각을 했다.

'이렇게 좋은 계절에 죽어 가는 사람은 얼마나 슬플까?'
나는 처음으로 천국과 지옥에 대해 이해하려고 노력했다.
마침 현관문이 열리고 베이드 의사 선생님이 나왔다.
나는 간호사에게 물었다.

"의사 선생님은 헬렌을 보러 오셨나요?"

"그렇단다. 헬렌은 이제 여기서 오래 있지 못할 거라고

하셨어."

나는 간호사의 말뜻을 순간적으로 알아챘다. 헬렌이
이 세상에 얼마 있지 못한다는 뜻이라는 걸. 무서움과
슬픔으로 몸이 몹시 떨렸다. 헬렌을 꼭 만나야겠다고
생각하며 다시 물었더니, 템플 선생님의 방에 있다고
대답했다.

취침 등이 꺼지고 두 시간쯤 지났을까? 나는 몰래 일어나
잠옷 위에 윗옷을 걸치고 맨발로 침실을 빠져 나왔다. 템플
선생님의 방문은 조금 열려 있었다. 템플 선생님의 침대 곁에
조그만 침대가 놓여 있었는데, 흰 커튼으로 가려져 있었다.

"헬렌!"

"어머, 제인! 너였구나. 어떻게 왔어? 벌써 열한 시가
넘었는데 자지 않고…….."

"네가 몹시 아프다는데 잠을 잘 수가 있겠니?"

"그럼 작별 인사를 하러 왔구나."

"어디 가는데, 집으로 가니?"

"응. 나의 영원한 집, 최후의 집으로."

"싫어, 싫어. 헬렌!"

나는 슬픔 때문에 말도 제대로 나오지 않았다.

"제인, 너 맨발이구나. 이리 올라와 이불을 덮어."

나는 헬렌의 손을 꼭 잡았다. 그리고 헬렌을 껴안고 한참

동안 있었다. 그 때 헬렌이 속삭였다.

"제인, 내가 죽었다는 말을 듣더라도 슬퍼하지 마. 사람은

모두 언젠가는 죽어. 지금 내 마음은 평온해."

헬렌 앞에서 나는 더 이상 슬퍼할 수 없었다.

"그럼 내가 죽으면 너를 만날 수 있니?"

"때가 되면 너도 행복한 나라로 올 거야. 하느님이 맞이해

주시는 평화로운 곳으로."

나는 헬렌을 더욱 꼭 껴안으며, 그녀를 이대로 보내기 싫다고

생각했다. 그녀는 어느 때보다 사랑스러웠다.

"지금 난 기분이 좋아. 잠이 올 것 같아. 하지만 제인,

어디 가면 안 돼! 내 곁에 있어 주면 좋겠어."

"알았어. 아무도 널 데려가지 못해."

"고마워. 잘 자, 제인."

헬렌과 나는 꼭 안은 채 잠이 들었다.

내가 눈을 떴을 때는 낮이었고, 간호사가 나를 안고 기숙사

쪽으로 가고 있었다. 그렇지만 내가 몰래 헬렌에게 간 것을

두고 아무도 꾸중하지 않았다. 이틀이 지나고서야 나는

사정을 알았다. 템플 선생님이 새벽에 자기 방으로 돌아와
보니 내가 헬렌의 어깨에 얼굴을 얹고 팔로 그녀의 목을 안고
있었다고 한다. 나는 자고 있었고, 헬렌은 죽어 있었다.
헬렌은 브로클허스트 교회 묘지에 묻혔다.

얼마의 시간이 흐르자, 무섭게 기세를 떨치던 전염병이
수그러들었다. 티푸스는 불명예스러웠지만 학원으로서는
오히려 좋은 결과를 얻게 되었다. 병의 원인이 비위생적인
장소와 건강에 좋지 않은 식품, 더러운 물, 학생들의 초라한
옷과 설비 때문이라는 게 밝혀지면서 브로클허스트 씨의
비리와 인격이 폭로되었던 것이다. 그러자 이 지방의
부유하고 인정 많은 사람들이 많은 기부금을 냈다. 건물이
새로 지어지고 위생적인 학교로 다시 태어나게 되었다.

나는 이후에도 더 머물러 6년간은 학생으로, 2년간은 교사로
8년을 로드 학원에서 지냈다. 템플 선생님은 내게
어머니이고 가정 교사였으며, 친구가 되어 주기도 하셨다.
나는 생각과 감정도 자연스레 템플 선생님을 닮게 되었다.
그런데 운명은 나와 템플 선생님 사이에 큰 변화를 가져왔다.
선생님이 목사님과 결혼하여 먼 나라로 떠나게 된 것이다.
결혼식을 마친 다음 마차를 타고 떠나는 선생님을 전송했다.

마차가 산모퉁이를 돌아 사라지고 하얀 길만 남았다.

나는 쓸쓸함에 젖어 저 길을 새롭게 더듬어 가고 싶다는

생각에 잠겼다.

'어렸을 적 역마차를 타고 온 뒤, 이 곳을 한 번도 떠난 적이

없구나.'

그 동안 리드 부인은 나를 한 번도 게이츠헤드에 불러 주지

않았던 것이다.

나는 그 순간 8년의 세월 동안 길들여져 온 이 곳 생활에

싫증을 느끼고 말았다. 변화와 새로운 자극을 간절히 원하게

되었던 것이다. 나는 조용히 기도했다.

'여기서 8년간이나 봉사했습니다. 새롭게 봉사할 자리를

주소서!'

생각을 정리한 나는 아침이 되자 일자리를 구한다는 광고

글을 써서 신문사로 보냈다.

교사 경험 있는 젊은 여자임.

14세 이하의 자녀가 있는 가정을 원함.

영국의 정규 교과 과정에다 프랑스 어, 미술, 음악을

가르칠 자격이 있음.

연락을 기다리는 1주일은 참으로 길었다.

드디어 나는 한 통의 편지를 받았다.

10세 미만의 소녀 1명을 가르치는 교사 자리입니다.
봉급은 1년에 30파운드입니다. 학식과 자격에 대하여
알 수 있도록 증명 서류를 보내 주시면 고맙겠습니다.
      - 밀코트 근교 손필드에서 페어팩스 부인

다음 날부터 나는 활기에 넘쳐 바쁘게 움직였다. 먼저 리드
부인에게 알려 '일체 관여하지 않겠으니 좋을 대로 하라.' 는
답을 받았다. 그리고 학원 감독관의 서명이 들어 있는 여러
가지 증명서를 페어팩스 부인에게 보냈다. 모든 일은
순조롭게 이뤄졌다.

드디어 2주일 후에 오라는 회답을 받고 떠날 준비를
시작했다. 짐은 8년 전에 게이츠헤드에서 갖고 온 트렁크
하나로 충분했다.

마지막 날이었다. 내 생애의 한 시기가 끝나고 새로운 삶이
시작된다는 기대로 흥분해 있었다. 그 때, 심부름하는 아이가
나를 찾아왔다.

"선생님, 누가 찾아왔어요. 만나고 싶대요."

나를 찾아온 사람이 누굴까 궁금해하며 아래층으로

내려갔다.

"제인 아가씨! 절 모르시겠어요?"

이렇게 묻는 그녀를 나는 와락 끌어안았다.

"베시, 베시!"

베시와 난 응접실로 내려가 그 동안의 일을 이야기하기에

바빴다.

"5년 전에 결혼했어요. 문지기 할아범이 살던 집에서 살아요.

엘리제 아가씨는 키가 아주 커요. 조지아나는 귀족과 연애를

했는데 집안의 반대로 파혼했어요."

"존 리드는?"

"대학에 갔지만 낙제를 했지요. 마님은 보기엔 건강하지만

마음은 별로 편치 않아요. 존 도련님의 행동이 마음에 들지

않아서지요. 돈을 무척 헤프게 쓴대요."

"리드 부인이 베시를 이리로 보냈어?"

"천만에요. 저는 오래 전부터 제인 아가씨를 만나고

싶었어요. 다른 데로 가신다는 소식을 듣고 앞으로 못 만나면

어쩌나 싶어 찾아온 거예요. 혹시 아가씨의 친척이라는 분이

보낸 편지 못 받았나요?"

"아니, 못 받았는데."

"7년 전쯤의 일인데, 에어라는 신사분이 게이츠헤드로

오셔서 아가씨를 만나고 싶다고 했어요. 마님이 50마일이나

떨어져 있는 학교에 가 있다고 하니까, 이틀 뒤에 런던을

떠난다면서 학교까지는 갈 수 없다고 했어요.

아가씨 아버지와 형제간이라던데, 편지라도 보낸 줄

알았어요."

"그래서 바로 가 버렸어? 누구였을까?"

"마님은 냉정하게 대하면서 '교활한 장사꾼'이라고 했어요.

하지만 제 남편 로버트의 생각으로는 포도주 상인일 거라고

했어요."

베시와 나의 이야기는 밤새도록 끝이 나지 않을 것 같았다.

그러나 한 시간 후에 나는 숙소로 돌아가야 했다.

이튿날 아침, 마차를 기다리며 베시를 다시 만났다.

베시는 게이츠헤드로 가는 마차를 타러 갔고, 나는 밀코트

근교로 향하는 마차를 탔다.

새로운 삶이 기다리는 곳이었다.

손필드 저택

길고 긴 여행 끝에 나는 밀코트에 도착했다. 마차는 천천히
비탈길을 올라가 건물 앞에 멈었다. 마차에서 내려 현관으로
가자 하녀가 문을 열어 주었다. 하녀의 뒤를 따라 사방에
높은 창이 달린 홀을 지나갔다. 뜨개질을 하던 부인이 반갑게
맞아 주었다.

"어서 오세요! 피곤하지요? 이리, 불 가까이 오세요."

"페어팩스 아가씨는 오늘 밤 만날 수 있나요?"

"페어팩스 아가씨? 아아, 발렌 아가씨 말이군요.
선생님이 가르칠 학생은 아델 발렌이에요."

"어머, 그럼 부인의 따님이 아닌가요?"

"내게는 가족이 없어요. 오늘은 긴 여행에 무척 피곤하실
테니까 침실로 안내하지요. 내 방 옆인데, 좁지만 마음에
드실 거예요."

부인은 촛불을 들고 나는 그 뒤를 따라 거실을 나섰다.
침실로 통하는 긴 복도는 보통의 집이라기보다는 오히려
교회 같았으며 썰렁하게 느껴졌다. 작은 방으로 안내되자
피로가 몰려왔다. 이제 휴식의 항구에 도착했다는 생각이
들었다. 그 날 밤, 나는 아무 걱정 없이 깊이 잠들 수 있었다.
눈을 뜨니 해가 이미 높이 솟아 있었다. 햇살이 밝게 물빛
커튼 사이로 비쳐 들었고, 로드와는 전혀 다른 벽지와 융단이
신선하게 느껴졌다. 나의 마음은 금세 부풀어올랐다. 밖으로
나가 신선한 가을 아침을 둘러보았다. 높이 솟은 태양이
갈색으로 물든 숲과 들판 위로 쏟아지고 있었다.
나는 잔디 위로 걸음을 옮기면서 저택의 정면을 바라보았다.
3층 건물로 꽤 크기는 했지만 그다지 화려하지는 않았다.
잿빛 저택은 갈가마귀가 사는 숲을 배경으로
우뚝 솟아 있었다.
페어팩스 부인이 문 앞에 나타났다.

"벌써 일어났어요? 방은 마음에 드는지요?"

"네. 아주 마음에 들어요."

"로체스터 님이 오셔서 쭉 계실지 걱정이에요. 큰 집에는
역시 주인님이 계셔야 하니까요."

"로체스터 님? 그분이 누구예요?"

"손필드의 주인이에요. 로체스터 님이 주인이라는 것을
모르셨나요?"

"전 손필드가 부인 것인 줄 알고 있었어요."

"나는 관리인에 불과해요. 로체스터 가의 외가뻘 되지요.
로체스터 님의 어머님이 페어팩스 가 출신이니까요."

"그럼 제가 가르칠 학생은?"

"그 아이는 로체스터 님이 부모 대신 돌보는 아이로,
주인님이 내게 가정 교사를 구하라고 한 거예요. 마침 저기
오고 있군요."

한 여자 아이가 잔디밭을 건너왔다. 일고여덟 살쯤
되었을까? 눈과 코가 조그맣고 갸름한 몸에 창백한
얼굴이었으며, 뭉실뭉실한 머리가 허리까지 늘어져 있었다.

"안녕? 아델 아가씨."

"자아, 아가씨에게 공부를 가르쳐 줄 분이에요. 인사드려요."

"이분이 선생님이야?"

아이는 다가와 내게 손을 내밀었다.

점심때가 되어 2층으로 가는 도중에 페어팩스 부인이 나를
불렀다. 문이 열려 있었기 때문에 나는 안으로 들어갔다.

"여기는 식당이에요. 바람과 햇살이 통하도록 문을
열었지요. 좀처럼 쓰지 않아서 축축해요. 저 쪽 방은 마치
동굴 같아요."

부인은 커다란 아치를 가리켰다.

"사용하지 않는 것 같은데 늘 아름답게 정리해 두시는군요."

"로체스터 님은 가끔 오시지만 그럴 때 우리가 놀라서 치우는
걸 싫어하세요. 그래서 언제나 이렇게 준비를 해 두지요.
그분은 여행을 많이 하시고 세상 물정을 잘 알아 현명하세요.
물론 얘기를 나눈 적은 별로 없지만요."

이것이 주인에 대해 페어팩스 부인으로부터 들은 얘기의
전부였다. 신사이며 부자라는 것말고는 아무것도 아는 바가
없었다. 식당을 나서자 부인은 저택 안을 안내해 주었다.
모두 깔끔하게 정돈되어 있어 훌륭했다. 3층의 방 몇 개는
어둡고 천장이 낮았지만 예스러운 멋이 느껴졌다.

"하녀들이 여기서 자나요?"

"그렇지 않아요. 만일 손필드에 유령이 있다면 아마 여기일
것이라고들 해요."

부인이 웃으며 말했을 때, 이 조용한 곳에서 뜻밖의 소리가
들렸다. 부자연스럽고 음산하고 기묘한 웃음소리였으며,
아직까지 들어 본 적이 없는 비참하고 기괴한 소리였다.
낮이 아니었다면 틀림없이 유령이라고 생각되었을 것이다.

"누가 저렇게 큰 웃음소리를 내는 거죠?"

"그레이스!"

페어팩스 부인이 소리쳤다. 바로 곁의 문이 열리고 하녀
하나가 나타났다. 건장한 몸매에 못생긴 얼굴과 빨간 머리를
가진, 마흔 살쯤 되어 보이는 여자였다.

"그레이스, 너무 수선스러워요."

부인이 말하자, 그레이스는 아무 말 없이 무릎을 굽히고
안으로 들어갔다.

"저 사람은 바느질도 잘 하고 리어의 일을 돕기도 해요."

부인은 계속해서 말했다.

"무슨 일이나 잘 해요. 전혀 결점이 없는 것은 아니지만."

조금 이상한 사람이라는 느낌이 들었지만 말은 하지 않았다.
이상한 분위기였지만 손필드에서의 생활은 나에게 행복을

약속해 주는 듯했다. 아델 발렌은 가끔 고집을 피우기는
했지만 성격이 밝고 명랑했다. 나는 가끔 혼자서 저택 안을
산책했고, 문 곁으로 내려가서 큰길을 바라보곤 했다. 10월,
11월, 12월이 그렇게 지나갔다.

1월 어느 날 오후, 아델이 감기에 걸려 공부를 쉬게 되었다.
마침 페어팩스 부인이 부칠 편지가 있다기에 나는 헤이까지
가서 부치고 오겠다고 했다. 헤이까지는 2마일로
겨울 오후에 걷기에는 쉽지 않은 거리였다.

땅은 얼어붙었으며, 바람 한 점 없는 길에는 나 혼자였다.
태양은 서산으로 기울고 있었다. 들길의 아득한 고요함
속에서 생명의 숨소리가 느껴졌다. 1마일쯤 걸었을까?
갑자기 팍팍거리는 금속성 발자국 소리가 들렸다. 수선스런
소리는 길을 따라 점점 가까이 다가오고 있었다. 그러더니
산울타리 밑을 스치는 소리가 나고 커다란 개가 뛰어나왔다.
그 놈은 내 옆을 후닥닥 지나갔다. 뒤로는 키가 큰 남자가
말을 타고 오고 있었다. 그는 지나갔고 나도 다시 걷기
시작했다. 그러나 두세 걸음 지나지 않아 발걸음을 멈추어야
했다. 무언가 미끄러지는 소리와 함께 '쳇, 이게 뭐야.' 하는
소리가 들려왔던 것이다. 뒤돌아보니 사람과 말이 유리처럼

깔린 얼음 위에 미끄러져 있었다. 개는 다시 돌아와 사람과
말 주위를 빙빙 돌더니 내게로 달려왔다. 나는 남자에게
다가가 말했다.

"다치지는 않으셨어요?"

"고마워요. 하지만 괜찮아요. 조금 삐었을 뿐이니까!"

중간 키에 가슴이 넓은 남자였다. 눈과 코는 엄격해 보였고,
눈썹은 굵었다. 청년은 아니었지만 그다지 나이가 들어
보이지도 않았다. 그가 이제 됐으니 그만 가 보라고 손짓을
할 때까지 나는 거기 서 있었다.

"당신이 말을 타고 가는 걸 봐야 안심이 될 것 같아요.
이런 시간에 당신을 그냥 둘 수는 없다고 생각해요."

"당신이야말로 집에 빨리 가야지요. 이 근처에 사신다면
어디서 왔는지 물어도 될까요?"

"바로 이 아래, 로체스터 씨의 집입니다."

"로체스터 씨를 잘 아세요? 그 집의 하녀는 아닐 것이고
그렇다면……."

그는 말을 흐리면서 나를 찬찬히 뜯어보았다.

"가정 교사예요. 편지를 부치러 가는 길이지요."

"아, 가정 교사! 나는 까맣게 잊고 있었네. 미안하지만

당신의 도움을 받아야만 될 것 같군요."

그는 나의 어깨에 몸을 의지하고 말이 있는

곳까지 다리를 절며 갔다.

"고마워요. 그럼 편지를 부치고 빨리 돌아와요.

파일럿, 네가 앞장서라!"

그는 개한테 말한 다음 말을 몰고 가 버렸다.

헤이에 가서 편지를 부치고 나서도 그의 얼굴이

뇌리에서 사라지지 않았다.

저택으로 돌아오니 방마다 불이 환히 켜져 있었다.

나는 급히 페어팩스 부인의 방으로 갔다. 난롯불은 피워져

있었지만, 촛불은 켜져 있지 않았고 부인도 없었다. 융단

위에는 아까 길에서 본 것과 똑같은 개가 엎드려 불을

지켜보고 있었다. 리어가 들어왔다.

"웬 개예요?"

"나리가 오셨어요. 로체스터 씨가 방금 왔어요."

"어머, 그래요!"

"존은 의사를 데리러 갔어요. 나리가 말에서 떨어져 발목을

삐었대요."

나는 리어가 가져다 준 촛불을 들고 옷을 갈아입기 위해

2층으로 갔다.

다음 날, 손필드 저택은 분위기가 바뀌었다. 이제 더 이상

교회처럼 조용한 곳이 아니었다. 문을 노크하는 소리,

벨 소리, 복도를 걷는 발자국 소리가 들렸고 아래층에서도

사람들의 목소리가 들려왔다.

오후에는 눈이 내렸기 때문에 우리는 공부방에만 있었다.

해가 지고 공부가 끝나자 아델은 아래층으로 내려갔다.

혼자 있는데 페어팩스 부인이 들어왔다.

"로체스터 씨가 저녁에 응접실에서 당신과 아델에게 차를
대접하겠대요. 낮에는 바빠서 당신을 못 만난 거래요.
시간은 여섯 시예요. 당신도 옷을 갈아입는 게 좋겠군요."

"꼭 갈아입어야만 할까요?"

"그럼요. 로체스터 씨가 오셨을 때는 밤이라도 옷을
갈아입어요."

지나치다는 생각이 들었지만 나는 검은 비단옷으로 바꿔
입었다. 그리고 템플 선생님이 이별 기념으로 준, 진주가
박힌 브로치를 달고 아래층으로 내려갔다.

나는 어색한 발걸음으로 커튼이 쳐진 방으로 들어갔다.
커다란 개가 누워 있었고, 로체스터 씨는 아델과 개를 번갈아
보고 있었다. 굵은 눈썹과 모난 얼굴, 검은 머리의 그는 분명
편지를 부치러 갈 때 만난 사람이었다. 결단력이 강할 것
같은 코와 성질이 급해 보이는 벌름한 콧구멍, 냉정해 보이는
입술, 야무진 턱 등의 모습이 아주 건강해 보였다.

"에어 씨를 데리고 왔어요."

페어팩스 부인의 상냥한 말투에 그는 돌아보지도 않고

거만하게 말했다.

"자리에 앉으라고 하세요."

"아저씨, 선생님께 드릴 선물도 사 오셨지요?"

아델이 묻자, 그는 대뜸 이렇게 말했다.

"누가 그래? 에어 씨, 당신은 선물을 기대하나요?"

그러고는 어둡고 날카로운 눈빛으로 나를 바라보았다.

"처음 뵙고, 더구나 사례를 받을 만한 일을 하지도 않았는데
이상한 질문을 하시는군요."

"그렇게 겸손하지 않아도 돼요. 아델을 보고 선생님의
지도력이 높다는 걸 알았어요. 얘는 그리 머리도 좋지 않고
특별한 능력도 없어요. 그런데도 짧은 시간에 많이
발전했어요."

"로체스터 씨, 저는 지금 선물을 받은 겁니다. 고마워요.
당신은 교사들이 무엇보다도 좋아하는 선물을 주신 거예요.
학생의 발전된 모습을 칭찬해 주신다는 것은……."

로체스터 씨는 말없이 차를 마셨다.

"로드 학교에 8년이나 있었다니 무던히도 끈질긴
사람이군요. 그런 곳에서는 8년의 반만 있어도 누구든
싫증이 날 텐데……. 하여간 세상에 물든 얼굴은 아니군요.

어젯밤에 헤이에서 당신이 내게로 올 때 나는 요정을 만난 것
같았소. 당신이 말에게 마법을 걸지 않았나 물어 보려고
했소. 지금도 기분이 이상하오. 그래, 부모님은 어떤
분이시지요?"

"모두 안 계십니다."

"그럼 이리로 올 때 누가 추천을 했나요?"

"광고를 냈더니 페어팩스 부인이 그걸 보고 편지를
주셨어요."

페어팩스 부인이 끼어들었다.

"그래요. 나는 하느님의 인도로 착한 사람을 선택하게 된
것을 감사드리고 있어요."

로체스터 씨는 부인의 말이 끝나자마자 말했다.

"당신의 추천은 필요 없어요. 나는 스스로 판단하겠어요.
이 사람은 첫째 내 말을 넘어뜨린 사람이에요."

"아이구, 그게 무슨 말씀이세요?"

"다리를 삔 인사를 이 사람에게 해야겠어요."

부인은 난감한 표정을 지었다.

"아홉 시군. 에어 씨, 아델을 이렇게 늦게까지 두면
어떡해요? 재우세요."

아델은 방을 나가기 전에 그에게 뽀뽀를 했다. 그는 아델의 인사를 잠자코 받기는 했지만 파일럿이 그렇게 한 것만큼도 기뻐하지 않는 듯했다. 아델을 재우고 난 뒤 페어팩스 부인의 방에서 나는 이렇게 말했다.

"로체스터 씨가 보통 사람과 같다고 말씀하셨지만……."

"네, 처음 만난 분들은 모두 그렇게 말해요. 아마 몹시 고민스런 일이 있기 때문에 마음의 안정을 찾지 못해서 그런 것 같아요."

"무슨 고민인데요?"

"로체스터 씨는 이 저택의 주인이 된 지 9년밖에 되지 않았어요. 아버지와 형이 짜고 동생을 무척 괴로운 입장으로 몰아넣고 말았어요. 재산을 만들어 놓기 위해서였다고 해요. 그 입장이 어떤 것인지는 잘 모르지만 몹시 괴로워했지요. 영주가 된 후에도 손필드에 보름 이상은 묵지 않아요."

"왜 이 곳을 싫어하지요?"

"아마 음산해서 그렇겠지요."

부인이 이 얘기를 그만 했으면 하는 눈치였으므로 나는 입을 다물었다.

로체스터의 사랑

그 후 며칠 동안은 로체스터 씨를 만나지 못했다. 그는
찾아오는 손님들을 맞이하고 여러 가지 일을 처리하느라
정신이 없었다. 다리가 다 나아 말을 타게 되었을 때는
외출을 했으며, 밤늦게 돌아오곤 했다.

어느 날, 만찬이 있었는데 그는 하인을 시켜 나의 화판을
가져갔다. 그림을 자랑한 모양이었다. 손님들이 돌아가자,
벨을 눌러 아델과 나를 불렀다. 식당으로 내려가니 아델의
예상대로 선물 상자가 도착해 있었다.

"아델, 네 선물 상자를 들고 저리 가서 풀어 보렴."

그는 이렇게 말한 다음 내게 의자를 권했다. 벽난로의 불을

보고 있는 그를 가만히 지켜보았다. 전과는 인상이 달라

보였다. 입가엔 미소가 있었고, 눈은 빛나고 있었다.

"나를 관찰한 결과가 어떻소? 미남이라고 생각되오?"

"아니요."

그가 갑자기 묻는 바람에 나는 적당한 말을 생각해

보지도 않고 대답을 했다.

"그래요? 당신은 확실히 다른 사람과 달라요. 엄숙하고

소박하면서 무례할 만큼 솔직한 대답을 하거든."

"용서하세요. 제가 너무 솔직하게 말씀드렸나 봐요."

"괜찮아요. 나도 그렇게 생각해요. 대신 나를 비판한

대가는 책임져야겠어요. 어디가 마음에 안 들지요?"

나는 무슨 대답을 해야 할지 몰라 머뭇거렸다.

"내가 미남이 아니듯 당신도 미인은 아니니까 접어 둡시다.

하여튼 오늘 밤, 에어 씨와 마음을 터놓고 많은 이야기를

나누고 싶어 불렀어요. 당신을 좀더 알고 싶어요.

자아, 얘기해 주세요."

"무슨 얘기를 해야 할지 모르겠어요. 뭐든 물어 보세요.

성의껏 대답할게요."

로체스터 씨와 나는 많은 이야기를 나누었다. 거의 그의 말을 듣는 편이었는데, 자신의 결점과 성격에 대한 이야기가 대부분이었다. 그가 역경에 처해 있다거나 괴로운 운명에 빠져 있다는 이야기를 할 때는 잘 이해되지 않았다.

"죄송해요. 저의 이해력 부족으로 당신의 마음을 충분히 알지 못해서요. 하지만 한 가지만은 말씀드릴 수 있어요. 좋지 않은 기억은 빨리 씻어 내는 게 좋아요. 지금부터라도 좋은 추억을 많이 만드세요."

이렇게 말을 마친 나는 자리에서 일어섰다.

"어딜 가려고요?"

"아델을 재워야지요. 잘 시간이 지났어요."

"잠깐 기다려 봐요. 아델은 선물받은 옷을 이것저것 입어 보다 곧 이리로 올 테니까요."

로체스터 씨의 말이 끝나자마자 문이 열리며 아델이 새 옷을 입고 장미꽃 관을 쓴 채 나타났다.

"예뻐요? 이 양말은요?"

아델은 옷자락을 펄럭이며 로체스터 앞으로 달려가 빙그르르 돌아 보였다. 발끝으로 한 바퀴를 더 돈 아델은 무릎을 꿇고 엎드렸다.

"멋진 선물을 주신 아저씨께 정말 감사드려요."

로체스터 씨는 굳은 얼굴로 말했다.

"저 애 엄마도 이런 식으로 내 주머니에서 돈을 빼내 갔어요.
내가 철이 없었지요. 언젠가는 그 얘기도 자세히 하리다.
그럼, 가서 주무세요."

로체스터 씨의 무거운 얼굴을 보며 나는 아델을 데리고
식당을 나왔다.

그러던 어느 날 오후, 아델과 함께 뜰을 거닐다 로체스터
씨를 만났다. 그는 아델이 노는 동안 너도밤나무가 늘어선
오솔길을 걷자고 했다. 그 때 그는 자신이 열렬히 사랑했던
프랑스의 오페라 무용수인 셀린 바랭의 이야기를 했다.

아델은 바로 셀린 바랭의 딸이라고 했다.

"프랑스의 미녀가 영국의 추남을 사랑한대서 나는 무척 들떠
있었지요. 호화로운 호텔 생활에 하인이다 마차다,
다이아몬드다 의상이다 해서 해 달라는 대로 다 해 주었어요.
그런데 어느 날 그녀가 장교와 사랑에 빠진 걸 보고
말았어요. 나를 배신한 여자는 사랑할 가치도 없다고
판단했습니다. 그녀는 아델을 내 아이라고 주장했습니다.
말도 안 되는 일이었지만 저 애가 몹시 곤란한 처지였으므로

이리로 데려왔고, 당신을 고용한 거지요. 이 사실을 알았으니

이제 아델을 대하는 당신의 태도가 달라지겠지요?"

"지금보다 더 그 애를 사랑하겠어요. 가정 교사를 귀찮은

존재로 아는 부잣집 딸보다는, 나를 마치 친구처럼 따르는

고아에게 마음이 더 끌리니까요."

"역시 당신다운 생각이군요."

그는 마음이 놓인다는 표정으로 너털웃음을 지었다.

나는 방으로 돌아와서 로체스터의 태도와 그에 대한

내 감정을 생각해 보았다. 그는 거만하지 않았고,

나는 그를 어디서 만나든 기분이 좋았다. 그의 태도가 너무

솔직해서 딱딱하긴 하지만 지루하게 느껴지지도 않았다.

친절하게 나를 대해 주었고, 그래서 나의 마음을 끌었다.

때로는 주인이 아니라 친척처럼 느껴졌다. 늘 가여운

초승달처럼 여겨지던 나의 운명이 차츰 보름달처럼 커 가는

것 같았다. 언제부턴가 로체스터 씨의 얼굴은 내가

이 세상에서 가장 보고 싶어하는 얼굴이 되고 말았다.

그가 방에 있다는 것만으로 마음이 포근했고, 기분이 좋았다.

그는 이유 없이 화를 잘 냈지만 피할 수 없는 운명의 고통

때문이라고 이해하고 싶었다. 나는 그의 슬픔을 함께

슬퍼하며 괴로움을 덜어 주고 싶었다.

촛불을 끄고 누웠지만 쉽게 잠이 오지는 않았다. 겨우 잠이
든 나는, 잠시 후 어떤 소리에 깨고 말았다. 결코 기분 좋게
들리지 않는 중얼거림이었다. 다시 잠을 청해 보았지만
심장이 몹시 두근거려 잠을 이룰 수 없었다. 그 때 뭔가가
침실 문에 부딪쳤다. 누구냐고 물었지만 대답은 없었다.
소름이 끼쳤다. 낮고 음산한 소리가 바로 내 방 앞에서 울려
왔다. 발소리는 차츰 3층 계단 쪽으로 옮겨 가고 있었다.
나는 페어팩스 부인에게 가야겠다고 생각하고, 재빨리
겉옷과 숄을 걸치고 조심스레 문고리를 벗겼다. 밖으로
나오니 복도 바닥에 촛불이 놓여 있었다. 곧 타는 냄새가
났다. 이어서 뒤틀리는 듯한 소리가 들렸고, 문이 열린
로체스터 씨의 방에서 연기가 새어 나오고 있었다. 나는
그 방으로 뛰어들어갔다. 불꽃이 침대 주위를 에워싸고
있었다. 커튼은 이미 훨훨 타고 있었다. 그런데도
로체스터 씨는 꼼짝도 않고 잠들어 있었다.

"빨리 일어나세요!"

그는 연기에 질식해 정신을 잃은 것 같았다. 나는 급히
세면대에서 물을 퍼다가 로체스터 씨 얼굴에 부었다.

그제서야 로체스터 씨는 깜짝 놀라 눈을 떴다.

"뭐야, 홍수야?"

"불이 났어요."

"불?"

나는 본 대로 얘기해 주었다. 이야기를 듣는 그의 얼굴 가득
근심이 떠올랐다. 얘기를 다 듣고도 그는 가만히 있었다.

"페어팩스 부인을 부를까요?"

"아니, 그럴 필요 없어요. 잠시만 나갔다 오겠어요. 다른
사람을 부르면 안 돼요."

급히 나간 그는 꽤 오랜 시간이 지난 후, 창백하고 몹시
침통한 표정으로 돌아왔다.

"어떻게 된 일이에요?"

그는 말없이 팔짱을 낀 채 서성거렸다. 그러더니 이렇게
물었다.

"당신이 침실 문을 열었을 때, 뭔가를 보았다고 했죠?"

"복도에 촛대가 놓여 있을 뿐이었어요."

"하지만 이상한 웃음소리를 들었다고 했잖소? 전에도 그런
웃음소리를 들은 적이 있어요?"

"네. 바느질을 하는 그레이스 풀이라는 여자가 있는데, 그가

그렇게 웃어요."

"그래요. 그레이스 풀의 짓이에요. 아무튼 오늘 밤 일을 알고
있는 사람은 나와 당신뿐이에요. 절대로 입 밖에 내지
마세요."

"알았어요. 그럼 안녕히 주무세요."

"당신은 내 생명의 은인이에요."

그는 손을 내밀어 내 손을 잡았다.

"처음 당신을 만났을 때, 나는 당신의 눈에서 그걸 읽었어요.
참으로 이상해. 그럼, 나의 소중한 수호신, 편히 쉬세요!"

그의 목소리에는 힘이 있었고, 이상하게 얼굴은 희망으로
빛났다.

다음 날 아침, 로체스터 씨의 거실 근처에서 페어팩스 부인,
리어, 요리사들이 떠드는 소리가 들렸다.

"한밤중에 불을 켜 두는 것은 위험하댔잖아요!"

"재빨리 물을 퍼부은 걸 보면 그래도 정신이 있었나 봐."

"하지만 왜 사람들을 깨우지 않았을까?"

낮에 아래로 내려갔을 때는 또다른 한 사람이 있었다.

그레이스 풀이었다. 그녀는 침대에 앉아 커튼을 꿰매고
있었다.

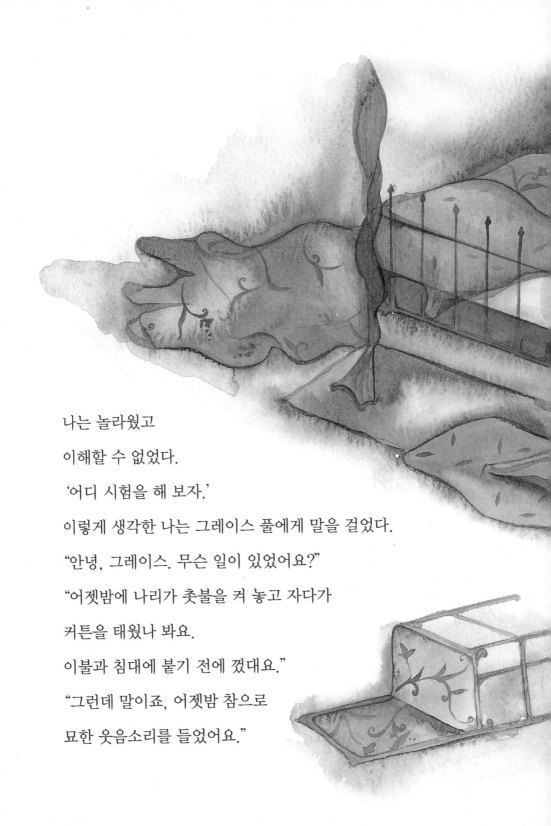

나는 놀라웠고
이해할 수 없었다.
'어디 시험을 해 보자.'
이렇게 생각한 나는 그레이스 풀에게 말을 걸었다.
"안녕, 그레이스. 무슨 일이 있었어요?"
"어젯밤에 나리가 촛불을 켜 놓고 자다가
커튼을 태웠나 봐요.
이불과 침대에 붙기 전에 껐대요."
"그런데 말이죠, 어젯밤 참으로
묘한 웃음소리를 들었어요."

그녀는 조금도 허둥대지 않고 침착하게 대답했다.

"그런 급한 상황에서 나리가 웃지는 않았을 거예요.

선생님이 잘못 들으셨겠지요. 꿈을 꾸었거나."

너무도 태연하게 말하는 그녀를 보니 어이가 없었다.

하루 종일 생각해 봐도 이해되지 않는 점이 또 있었다.

'주인은 그녀가 범인이라고 단정하면서, 어째서 비밀로

하라고 했을까?'

참으로 알 수 없는 일이었다.

그 때, 아래층에서 차를 준비해 놓고 페어팩스 부인이 나를

불렀다. 나는 로체스터 씨와 가까이 있을 수 있다는 걸

기뻐하며 아래층으로 내려갔다.

"오늘 밤은 유난히 더 맑군요."

"별은 나와 있지 않지만 로체스터 씨가 여행하기에는

아주 좋아요."

"여행이라구요?"

나는 로체스터 씨가 여행을 떠났다는 말에 몹시 실망을 했다.

"여기서 10마일쯤 떨어진 리즈의 이쉬톤 씨 댁으로 갔어요.

거기서 파티가 있대요. 아마 1주일 동안은 열릴 거래요.

주인님은 사교계에서도 인기가 대단해요. 학식 있고,

재능 있고, 부자고, 가문이 좋아서 조금 못생긴 것은
문제가 되지 않아요."
"리즈에 부인들도 있어요?"
"그럼요. 잉그램 남작의 딸 블랑쉬와 메어리는 정말 예뻐요.
몇 년 전 크리스마스 무도회에서도 잉그램 가의 딸이
최고 미인이었지요."
나는 혼자 있는 시간에 그 얘기에 대해 생각해 보며
스스로를 나무라는 말을 중얼거렸다.
'네가 로체스터 씨의 마음에 들었다고? 너의 처지를
생각하고 좀더 현명해지렴. 결혼할 생각도 없는
사람으로부터 달콤한 말을 들었다고 해서 몰래 사랑을
불태우는 것은 맹랑한 짓이야. 넌 아름답지도 않은 가난한
가정 교사가 아니니? 자아, 그림을 그리자. 페어팩스 부인이
묘사해 준 블랑쉬 잉그램 아가씨의 초상화나 그리며
단념하는 거야.'
2주일이 안 되어 상상으로 그린 블랑쉬 잉그램의 초상화가
완성되었다. 그녀는 대단히 아름다웠고, 나의 초상화와
비교해 보면 하늘과 땅 차이였다.

청혼을 받다

열흘이 지났는데도 로체스터 씨한테는 아무 소식이 없었다.
나는 실망했다. 하지만 곧 기운을 찾으며 스스로 마음을
달래었다.

'너하고는 상관 없는 일이야. 친절하게 대해 주는 것에
감사해야지.'

나는 날마다 조용히 주어진 일을 처리해 나갔다. 그가 집을
비운 지 2주일이 지난 어느 날, 페어팩스 부인에게 한 통의
편지가 배달되었다.

"주인한테서 왔어요. 이 집도 이제는 꽤 시끄러워질 것

같아요. 사흘 후에 훌륭한 분들을 많이 데리고 온대요.
온 집안이 북적거리겠지요."

사흘 동안은 매우 바빴다. 임시로 고용한 세 명의 여자가
닦고 쓸고 페인트칠을 하고, 그야말로 야단법석이었다.
아침부터 밤까지 나는 저장실에서 요리사들의 심부름을
했다. 덕분에 치즈 케이크나 프랑스식 파이 만드는 것을 배울
수 있었다. 명랑하고 활발하게 일했지만 가끔은 불안하고
어두운 상상을 하게 되었다. 그것은 그레이스 풀을
볼 때였다. 그는 단 한 시간만 아래에 내려와 있고, 나머지
시간은 3층에 가 있었다. 리어가 임시로 고용한 청소부와
그녀에 대하여 이야기하는 것을 들은 적이 있었다.
"아마 저 여자가 이 집에서 월급을 제일 많이 받을걸?"
"누구도 저 사람 몫의 일은 못 하니까요."
"그렇겠지! 그런데 나리는 도대체……."
나를 본 리어가 팔꿈치로 상대방을 쿡쿡 찔렀다.
"저 사람은 몰라요?"
얘기는 여기서 끊어졌다. 손필드에는 나만 모르는 무슨
비밀이 있는 것 같았다.
드디어 목요일이 되었다. 커튼에 가려 밖에서는 내 모습이

보이지 않도록 조심하며 나는 밖을 내다보고 있었다.

마침내 마차 소리가 들렸다. 말을 탄 네 사람이 앞서

달려오고, 그 뒤를 두 대의 마차가 따르고 있었다.

한 귀부인이 로체스터 씨와 나란히 말을 몰고 들어왔다.

"잉그램 아가씨!"

페어팩스 부인이 소리치며 급히 계단 아래로 뛰어가는 게

보였다.

홀은 금세 술렁거렸다. 신사들의 굵은 목소리와 숙녀들의

맑은 목소리가 뒤섞여 들렸다. 더욱 확실한 것은 주인인

로체스터 씨의 낭랑한 음성이었다.

아델과 나는 2층 계단에 앉아서 귀를 기울였다. 누군가의

노랫소리도 들렸다. 참으로 아름다운 목소리였다. 나는

로체스터 씨의 목소리를 들으려고 애썼다.

다음 날 아침, 나는 여전히 창가에 기대어 서서 그들이

들놀이를 나가는 모습을 지켜보았다. 오직 잉그램

아가씨만이 로체스터 씨와 나란히 말을 타고 갔다.

그 날 오후에 페어팩스 부인이 말했다.

"주인님이 에어 선생님을 오늘 밤 만찬 뒤에 응접실로 불러

오래요."

나는 한 번도 입지 않은 아름다운 드레스를 입고, 머리를
빗은 다음 하나뿐인 진주 브로치를 달고 아델과 함께
아래층으로 내려갔다. 나는 허리를 굽혀 인사했다. 몇 사람은
답례를 했지만 나머지 사람들은 나를 힐끔 보았을 뿐이었다.
제일 눈에 띄는 세 여자는 잉그램 경 미망인과 그녀의
두 딸인 블랑쉬와 메어리였다. 쉰 살쯤 된 미망인은 몹시
거만해 보였으며, 그녀의 눈은 험악하고 차가웠다. 나는
그녀의 눈에서 리드 부인을 떠올렸다. 블랑쉬와 메어리는
마치 포플러처럼 키가 컸다. 내가 상상으로 그린 그림과
닮았는지 알고 싶었다.
또 로체스터 씨가 마음에 들어하는지도 보고 싶었다.
'내가 그를 도와 불을 끄던 날 밤, 그와 나는 손을 잡고
얼마나 가까운 거리에 있었던가! 그런데 지금 우리 사이는
이렇게 멀구나! 그는 나를 돌아보지도 않아.'
그러나 나는 그를 몰래 지켜볼 수 있는 것만으로도 행복했다.
'아름다움은 보는 사람의 눈에 달렸다.'는 말은 정말 맞는 말
같았다. 내 눈에 그는 아름다웠다. 핏기 없는 얼굴, 굵은
눈썹, 움푹한 눈, 엄격한 얼굴, 꽉 다문 입은 활기차고 강한
의지로 가득 차 보였다. 이런 모습은 내게 아름다움으로

보였고, 완전히 나를 사로잡았다. 나는 이미 감정을 다스리는
힘을 잃고 있었다. 그 동안 내게서 싹튼 사랑의 싹을 잘라
버리려고 참으로 많이 노력했는데 헛수고였다. 그를 다시 본
순간, 사랑의 싹은 더욱 무성하게 자라고 있는 게 아닌가?
'내 감정을 나타내선 안 돼. 희망을 버리자. 저분이 내게
끌릴 턱이 없다는 것을 명심해야 돼.'
나는 사람들의 노래가 다 끝나고 시끄러워질 때에야 밖으로
나올 수 있었다. 나는 풀린 신발끈을 묶기 위해 계단 아래의
매트에 무릎을 꿇었다. 그 때 한 신사가 내 앞에 멈추어 섰다.
로체스터 씨였다.

"안녕하세요?"

"네, 덕분에."

"얼굴빛이 안 좋아 보이네요. 감기라도 걸린 게 아닌가요?"

"아아뇨."

"응접실에 가서 기다리세요. 매일 밤 당신이 응접실로
나오기를 기대하고 있다는 걸 알아 주세요."

그는 말을 끝내자 입을 굳게 다물고는 급히 내 곁을 떠났다.
이렇게 로체스터 씨의 관심을 확인하고 나서 나는 즐겁고
분주한 나날을 보낼 수 있었다. 그러는 사이 잉그램 양은

질투를 느낄 만한 상대가 되지 못한다는 걸 알았다. 그녀는
질투심을 일으킬 만큼 품위가 있어 보이지 않았다. 아름다운
모습이나 예절은 돋보였지만 포근함도 없고 마음은 가난해
보였다. 로체스터 씨는 어쩌면 그녀의 사회적 지위와 좋은
가문 때문에 결혼하려 하는 건지도 모른다는 생각이 들었다.
그의 마음을 빼앗을 만한 힘이 그녀에게선 느껴지지 않았기
때문이다.

어찌 되었든 파티의 주인공은 로체스터 씨였다. 그가
한 시간만 없으면 손님들은 눈에 보이게 따분해했고, 그가
돌아오면 다시 기운이 나서 떠들곤 했다.

그가 밀코트로 가며 저녁 늦게 돌아오겠다고 하며 외출한
어느 날이었다. 신사 한 명이 마차에서 내려 손필드 저택으로
들어왔다. 키가 크고 사치스런 차림을 한 남자였다. 로체스터
씨가 외출하고 없다는 말을 들은 그는 이렇게 말했다.

"내가 잘못 찾아왔군요. 그렇지만 먼 데서 왔으니 주인이
돌아올 때까지 여기서 좀 기다렸으면 합니다, 부인."

나이는 로체스터 씨와 비슷했고, 피부색은 이상할 정도로
노랬다. 그는 로체스터 씨와 오랜 친구이며 이름은
메이슨이라고 했다. 그는 자신이 서인도 사람이며 로체스터

씨를 알게 된 것도 그 곳에서였다고 말했다. 나는 로체스터 씨가 여행가라는 말은 들었지만, 그처럼 멀리까지 여행했을 줄은 미처 생각지 못했기에 적잖이 놀랐다. 이 때 심부름하는 샘이 들어와서 손님들에게 말했다.

"여러분, '번치 할멈' 이란 사람이 점을 쳐 주겠답니다."

그러자 피아노 앞에 있던 잉그램 블랑쉬가 거만하게 말했다.

"샘, 그 할멈을 이리로 데리고 와요! 난 내 운명을 점치는 걸 좋아하거든."

"점을 치고 싶은 분은 한 사람씩 할머니에게 와야 한대요. 신사분들은 빼고, 결혼을 하지 않은 여자분만 만나겠대요."

그 말을 들은 잉그램 양이 제일 먼저 일어섰다.

"내가 맨 먼저 가 보겠어요."

15분쯤 지나자 잉그램 양이 돌아왔다.

"언니, 그 할멈이 뭐래요?"

메어리가 물었다.

"진짜 점쟁이 같았어요?"

이쉬톤 자매도 물었다.

"집시였어요. 그 할멈은 손금을 봐 주었는데, 난 손금엔 별로 흥미가 없어요."

잉그램 양은 책을 들고 의자에 앉아, 더 이상 얘기하고 싶지
않다는 듯한 태도를 보였다. 반 시간 이상이나 그녀를
지켜봤지만 단 한 페이지도 읽지 않고 있었다. 기분이 언짢고
몹시 걱정스러운 표정이었다. 그녀는 확실히 마음에 드는

말을 한 마디도 듣지 못했던 것이다. 그 뒤로 메어리 잉그램,
에미와 루이자 자매가 용기를 내어 다녀왔다.

"집시 할멈은 우리들의 일을 뭐든지 다 알고 있었어요!"

세 사람의 이야기를 들어 보면, 할멈은 그녀들이 어렸을 때
한 말, 각기 갖고 있는 책이나 장식품도 다 알고 있었다.
할멈은 그녀들의 마음 속도 꿰뚫어 보았으며, 각자의 귀에
대고 그녀들이 좋아하는 사람의 이름을 알아맞혔다고 했다.

이 소란 중에 샘이 내게로 왔다.

"에어 씨, 집시 할멈의 말로는 이 방에 아직 자기가 만나지
못한 처녀가 있대요. 모두 만나 보기 전에는 돌아가지
않겠대요. 아마 당신을 두고 하는 말 같아요."

"어머, 그래요? 가 보겠어요."

나는 기뻤다. 몰래 방을 빠져 나왔다.

점쟁이는 난로 옆 안락 의자에 앉아 있었다. 모자를 깊숙이
눌러쓰고 있어서 얼굴은 자세히 볼 수 없었다.

"당신도 점을 치고 싶은가?"

"미리 말해 두지만 나는 별로 믿지 않아요."

"흥! 건방진 아가씨군. 발자국 소리를 듣고 알았지."

"어머, 그래요? 꽤 귀가 예민하시군요."

할멈은 짧고 검은 파이프를 꺼내어 담배를 피웠다. 불을
바라보며 천천히 말했다.

"당신은 추워하고 있어. 그리고 당신은 바보야."

"내가 바보라는 증거를 보여 주세요."

"고귀한 것, 아름다운 것을 당신은 일부러 모른 체하잖아.
당신은 바보야. 당신이 진정 바라는 그 감정을 감추며
한 발자국도 움직이려 하지 않으니까."

"당신은 큰 저택에 고용되어 있는 고독한 처녀에게 함부로
말하는 취미가 있나 보군요."

"마음을 움직이면 행복해질 수 있는 조건은 갖추어져
있어요. 조금만 솔직한 감정으로 다가가요. 좀더 확실한 말을
듣고 싶거든 얼굴을 들어 봐요."

나는 보았다. 그가 새끼손가락에 끼고 있는 반지를. 거기에는
내가 백 번 이상이나 보아 온 보석이 박혀 있었다. 나는
점쟁이의 얼굴을 똑바로 보았다. 이제 점쟁이도 나를 피하지
않았다.

"자아, 제인. 내가 누군지 알겠어요?"

나는 놀랍고 반가워서 웃음을 터뜨렸다.

"그 웃음은 무슨 의미지요?"

"깜짝 놀란 것과 내가 실패하지 않은 것을 기뻐하는
두 가지예요. 그보다 당신이 집을 나간 뒤 외국에서
손님이 찾아온 거 아세요?"

"외국 사람? 누굴까……. 그 사람 지금 어디 있나요?"

"당신이 돌아올 때까지 기다린다고 했어요."

"이름이 뭐래요?"

"메이슨이라고 했어요. 서인도에서 왔대요. 자메이카의
스페니시 타운에서."

로체스터 씨는 나의 손을 잡고 있었는데, 내가 얘기하는 동안
그의 손은 몹시 떨렸다. 그리고 얼굴이 굳어지고 숨이 막히는
듯 답답해했다.

"메이슨! 서인도! 메이슨! 서인도!"

그는 이 말만을 되풀이했다. 안색이 보기 딱할 정도로
창백했다. 마치 정신이 나간 사람 같았다.

"기분이 좋지 않으세요, 로체스터 씨?"

"제인, 나는 당했어. 나는 아무것도 모른 채 얻어맞은 거야.
제인! 나의 친구! 당신과 둘이서 아무도 없는 섬에 가서
살았으면 좋겠군. 그렇게 되면 고민도, 위험도, 무서운
과거도 내게서 사라지겠지."

"제가 도와 드릴 일은 없나요? 당신을 위해서라면
목숨이라도 바치겠어요."

"내가 지금 파티장으로 가면 모두 차가운 시선으로 나를
보겠지요. 그들이 귓속말을 하며 하나둘 우리 집을 떠난다면
당신은 어떻게 하겠어요, 당신도 함께 나갈 거예요?"

"그렇지 않아요. 그렇게 된다면 당신의 집에 있는 것이
오히려 재미있을 것 같아요."

"나를 위로하겠어요?"

"할 수만 있다면 당신을 위로해 드리겠어요."

"나 때문에 세상의 비난을 받아도 괜찮다는 것입니까?"

"당신 같은 분을 위해서라면 문제 없어요."

"그럼 메이슨에게 귓속말로 전하세요. 로체스터 씨가 만나고
싶어한다고. 그리고 그를 이리 안내해 줘요."

"네, 알았어요."

나는 메이슨 씨에게 말을 전하고 서재로 안내했다. 그런 다음
2층으로 올라갔다. 로체스터 씨의 목소리가 들렸다.

"여기야, 메이슨. 여기가 자네 방이야."

그의 목소리는 밝았다. 나는 곧 잠이 들었다.

의문의 사건들

나는 무서운 비명 소리에 잠에서 깼다.

"살려 줘, 살려 줘!"

"로체스터, 로체스터! 제발 좀 와 주게!"

방문이 열리는 소리에 이어 누군가가 복도를 달려갔다.

놀라서 뛰는 소리였다. 나는 겁이 나서 다리가 떨렸지만

침실에서 나왔다. 자고 있던 사람들이 모두 깨어 복도로

나와 있었다.

"도대체 로체스터는 어디 있어!"

소리를 친 것은 덴트 대령이었다.

"여기예요, 여기예요!"

복도 끝의 문이 열리고 로체스터 씨가 촛불을 들고 내려왔다.

잉그램 양이 말했다.

"도대체 얼마나 무서운 일이 생긴 거예요?"

"별일 아니에요. 하녀가 꿈에 유령을 보았는데 실제로

착각한 모양이에요. 그래서 발작을 일으켰지요. 자아,

여러분은 침실로 돌아가 안심하고 주무세요. 나는 그 여자를

간호해야겠어요."

그의 말대로 모두 침실로 돌아갔다. 손필드 저택은 다시

사막처럼 조용해졌다. 나는 옷을 입은 채로 침대에 누울까

생각했다. 이 때 조심스럽게 문을 두드리는 소리가 났다.

"잠깐만요."

로체스터 씨의 목소리였다. 그는 촛불을 들고 복도에 서

있었다.

"당신 방에 탈지면과 각성제가 있습니까? 그걸 가지고 같이

좀 가요. 소리내지 말고 서두르세요."

나는 세면대 위에 있는 탈지면과 각성제, 약용 소금을 챙겨

그를 따라갔다. 그는 3층 복도에서 걸음을 멈추더니 열쇠로

문을 열었다. 페어팩스 부인이 집을 안내해 주던 날 한 번

본 적이 있는 방이었다.

방 안에는 또 하나의 문이 열려 있었고, 그 안쪽 방에서
불빛이 흘러나오고 있었다. 거기서 무엇을 긁는 듯한 소리와
신음 소리가 들렸다. 무서운 웃음소리도 들려왔다.

"여기야, 제인!"

나는 로체스터 씨와 함께 안으로 들어갔다. 한 남자가 윗옷을
벗은 채 앉아 있었다. 메이슨이었다. 그의 한쪽 팔과
옆구리에 피가 엉겨붙어 있었다.

"촛불을 들어 주세요."

그는 탈지면을 물에 적셔서 시체 같은 메이슨의 얼굴을
닦았다. 다음에는 정신이 돌아오는 약병을 메이슨의 코에
댔다. 메이슨 씨가 간신히 눈을 떴다.

"가서 의사를 불러 오겠소. 제인, 피가 다시 나면 지금 내가
한 대로 탈지면으로 닦아 주세요. 이 남자가 기절을 하려고
하면 스탠드 옆에 놓인 물을 먹이고, 소금 냄새를 맡게 해
주세요. 그리고 당신은 이 남자와 말을 해서는 안 돼요."

그는 잠시 동안 나를 지켜보다가 나가 버렸다. 열쇠 소리와
발자국 소리가 더 이상 들리지 않았다. 나는 몹시
긴장되었다. 결국 나는 이 3층의 이상한 방에 갇힌 꼴이

되었다. 사람을 죽이려 한 여자와 나는 문 하나를 사이에
두고 마주하고 있었던 것이다. 그레이스 풀이 저 문을 박차고
나에게 달려들 것을 생각하면 무서웠다. 하지만 그 자리를
떠날 수는 없었다. 피와 물이 섞인 세면기에 몇 번이고 손을
적셔 흐르는 피를 닦아야만 했다. 갖가지 의문이 꼬리에
꼬리를 물었다.

'저택 깊은 곳에 숨어 살면서, 모두 잠든 깊은 밤에 불을
지르고, 이와 같은 사태를 일으킨 그 수수께끼 여인은
누구일까? 보통의 얼굴로 요괴 같은 웃음을 터뜨리는 것은
무슨 이유일까? 그는 왜 때로 살코기를 물어뜯는 맹수 같은
짓을 할까? 평범하고 얌전한 이국의 손님은 어떻게 이 방에
들어왔을까? 어째서 심한 폭력을 당하면서도 이처럼 얌전히
있는 것일까? 어째서 그는 로체스터 씨가 강요하는 비밀에
대해 이처럼 조용히 순응할까? 메이슨 씨가 와 있다는
소식을 들었을 때 로체스터 씨의 그 곤욕스런 태도는
무엇이었을까?'

마침내 촛불이 꺼지고 말았다. 새벽이 다가온 것이다.
파일럿이 짖는 소리가 멀리서 들리더니 5분 후에 문이
덜컹거렸다. 고작해야 두 시간 정도였지만 마치 몇 주가 흐른

것 같았다. 로체스터 씨가 외과 의사와 함께 들어왔다.

"커터, 잘 부탁하네."

의사는 메이슨 곁으로 다가갔다.

"어이, 리처드. 기분은 어때?"

"결국 그녀한테 당했어. 물어뜯었어."

메이슨이 중얼거렸다.

"로체스터가 그녀에게서 단검을 빼앗자 호랑이처럼 나를 물고 늘어졌어."

로체스터 씨가 말했다.

"그녀에게 가까이 갈 때는 조심하라고 말했잖아. 커터, 서둘러야 해. 동이 트고 있어."

"자아, 일어서 봐."

환자는 일어났다.

"제인, 먼저 뒤쪽 계단으로 가 주세요. 옆 통로의 문을 열어 놓고 뒤뜰에서 기다리는 마부에게 준비하라고 해 주세요. 그리고 제인, 거기 누가 있거든 계단 아래까지 와서 기침을 해 주세요."

이미 다섯 시 반이었지만 부근은 아직 어두웠고 조용했다. 마부는 바로 문 앞에서 기다리고 있었다.

메이슨은 이륜 마차 안으로 올라갔고 이어서 커터가 탔다.

"기운이 날 때까지 자네가 좀 맡아 주게.

나도 이틀 뒤에 보러 갈 테니까. 그럼, 잘 가게."

"로체스터, 그 애를 잘 돌봐 줘. 어쩌겠나,

상냥하게 대해 주게."

메이슨은 말을 맺지 못하고 눈물에 젖었다.

"할 수 있는 데까지는 하지. 지금까지도 그래 왔잖아.

앞으로도 그럴 걸세."

마차의 문이 닫히고 곧 출발했다. 로체스터 씨는

뒤뜰의 무거운 문을 닫고 고리를 걸었다.

나는 다시 집 안으로 들어가려고 발걸음을 옮겼다.

"제인! 잠시 시원한 곳으로 가지 않겠어요? 저 집은 감옥과 같아요. 당신은 그렇게 생각하지 않아요?"

"제게는 훌륭한 저택으로 보입니다만."

"세상 모르는 마법에 걸려 당신의 눈은 흐려 있어요. 그런데 이 숲은 진실해요. 감미롭고 깨끗해요."

그와 나는 회양목 숲길을 천천히 걸었다.

"메이슨과 둘만 남겨 두고 내가 나갔다 왔으니 무서웠지요?"

"누군가가 안쪽에서 뛰쳐나올까 봐 무서웠어요."

"하지만 그 방에는 자물쇠를 걸어 두었어요. 열쇠는 내 주머니에 있지요."

"로체스터 씨, 그레이스 풀은 앞으로도 이 집에서 살게 되나요?"

"아, 그럼요. 그 여자 일로 더 이상 걱정하지 말아요."

"참, 어젯밤에 걱정하던 일은 해결됐나요?"

"메이슨이 영국에서 떠나기만 하면요. 산다는 것은 언제 불을 뿜을지 모르는 화산 위에 서 있는 것 같아요."

"메이슨 씨가 일부러 당신에게 상처를 주거나 괴롭히지는 않을 것 같던데요."

"그럼요. 하지만 그의 말 한 마디가 내게서 영원히 행복을
앗아 갈 수도 있어요."

"당신에게 도움을 주고 싶어요. 잘못된 일이 아니면 뭐든지
시키세요."

"제인, 여기 앉으세요. 내 옆에 앉기를 주저하는 건
아니겠지요, 제인?"

나는 대답 대신 그의 곁에 앉았다.

"자아, 귀여운 친구. 나는 당신에게 얘기하고 싶어요.
상상력을 발휘하여 들어 보세요. 먼 외국에 어려서부터
귀염둥이로 큰, 겁 없는 청년이 있다고 생각해 보세요.
거기서 그는 큰 실패를 해요. 그 결과가 평생을 따라다니는
치명적인 실수지요. 그는 구원을 받으려고 온갖 수단을
동원합니다. 그는 몹시 불행해요. 희망이 자신을 버렸으니까.
그는 향락에서 행복을 찾으며 방황하지요. 마음은 피로하고
영혼은 메마른 채, 몇 년 뒤에 고향으로 돌아와요. 인생을
새로 시작해 보고 싶은데 여전히 앞에 놓인 방해물을
뛰어넘는 것이 두려워요. 당신 같으면 그에게 무슨 말을
해 줄 수 있겠어요?"

나는 뭐라고 대답해야 할지 몰랐다.

로체스터 씨는 다시 질문했다.

"그 죄 많은 남자는 반성하고 후회하며, 마침 마음 착하고

아름다운 새 친구를 만나 영원한 동반자로 삼고

싶어해요……. 그런데 자신을 향한 세상의 눈과 귀를

무시하는 게 힘들어요."

나는 내 생각을 조용히 말했다.

"만일 당신이 알고 있는 누군가가 잘못의 대가를 치르고 나서 휴식하기를 원한다면 용기를 주세요. 그리고 진실은 결국 통하게 된다고 말해 주세요."

"하지만 그 수단과 방법이 문제예요. 이제 솔직하게 말하겠습니다. 이것은 내 얘기예요. 지금 나는 비로소 구원받을 수단을 발견했답니다. 그것은……."

그는 갑자기 일어나 한참을 걸어다니더니, 콧노래를 흥얼거리며 제인 곁에 앉았다.

"제인, 제인! 다음엔 나와 함께 밤을 새워 이야기해 주겠어요? 예를 들면 나의 결혼 전날 밤쯤에 말이오. 그렇게만 된다면 정말 행복하겠지요?"

"덴트와 링이 마구간에 있어요. 저 쪽 나무 밑으로 숨어서 돌아가세요. 우릴 보면 이상하게 여길 거예요."

잠시 후 나와 반대 방향으로 걸어간 그가 뒤뜰에서 명랑한 목소리로 떠드는 소리가 들렸다.

"메이슨은 오늘 아침 여러분에게 인사도 못 하고 떠났어요. 내가 네 시에 일어나 전송했어요."

리드 부인의 죽음

다음 날, 누가 나를 만나러 왔다는 말에 아래층으로
내려갔다. 게이츠헤드 저택에 사는 로버트였다.

"어머, 로버트! 오랜만이에요! 베시와 결혼하셨다고요?"

"네, 아가씨."

"모두 잘 있나요, 로버트?"

"존 도련님이 일 주일 전에 돌아가셨어요. 지난 3년 동안
방탕한 생활을 하더니 자살을 했어요."

나는 할 말이 없었다. 무서운 소식이었다. 로버트는 다시
말을 이었다.

"마님은 요즈음 건강이 좋지 않아요. 자주 정신을 잃어요.
당신 이름을 부르는 것을 베시가 간신히 알아들은 것이
어제였어요. '제인을 불러. 제인을 데려와. 할 얘기가
있어.'라고 했대요. 엘리제와 조지아나 아가씨와 상의 끝에
제가 온 거예요. 아가씨만 괜찮다면 내일 아침 일찍 같이
가 주셨으면 해서요."

"안 갈 수가 없을 것 같군요."

그를 하인들이 묵는 곳으로 안내하고 나서 로체스터 씨를
찾아 나섰다. 로체스터 씨와 당구를 치고 있던 잉그램 양은
나를 무시하는 듯한 눈길로 쳐다보았다.

"로체스터 씨, 괜찮다면 한두 주 휴가를 얻을까 합니다."
나는 오랫동안 게이츠헤드 저택에 가지 않은 이유와 외사촌
존의 비참한 죽음, 외숙모의 병, 그 외숙모가 나를 만나고
싶어하고, 그래서 하인이 데리러 왔다는 이야기를 했다.

"당신이 간다고 무슨 도움이 될까요? 더구나 그 부인은
당신을 쫓아 내지 않았나요?"

"네, 그래요. 하지만 그건 옛날 일이에요. 어쩌면
마지막일지도 모르는 외숙모의 소원을 모른 체할 수가
없어요."

"그렇다면 무슨 일이 있어도 돌아와야 해요. 어떤 이유로라도

그 곳에서 살면 안 돼요."

그는 지갑을 꺼냈다.

"50파운드를 가져가면 석 달 동안은 오지 않을 테니까,

10파운드면 어때요?"

"네, 충분해요. 하지만 월급에서 5파운드를 덜 받는 셈이라는

건 알고 계셔요."

"그러니까 그걸 받으러 꼭 돌아오세요."

"그렇게 말씀하시니까 생각나는 게 있는데, 이 기회에

말씀드릴까요?"

"들어 봅시다."

"당신은 머지않아 결혼하게 된다고 하셨는데, 그렇게 되면

아델은 학교에 보내는 것이 좋겠어요."

"나의 신부가 그 아이를 학대할 거라고 생각해요? 그렇다면

학교에 보내야지요. 그렇게 되면 당신도 여기를 떠나

그 악마에게로 갑니까?"

"일자리를 찾아야겠지요."

"제인, 그렇더라도 광고를 내지는 말아요. 일자리는 내게

맡겨요."

그의 마지막 말은 진심으로 들렸으나 대꾸하지 않았다.

다음 날 아침, 그가 일어나기 전에 나는 출발했다.

내가 게이츠헤드의 문지기 집에 도착한 것은 5월 1일

오후 다섯 시였다.

"어머, 아가씨! 꼭 오실 줄 알았어요!"

베시 부인이 기뻐서 소리쳤다.

"여기서 한 시간쯤 쉰 다음 같이 가 봐요."

마치 어렸을 때 잠자리를 보살펴 주듯이, 베시는 내 짐을

풀어 주었다. 한 시간 후, 그녀와 나는 저택을 향해 걸었다.

9년 전 내가 이 곳을 내려올 때도 베시와 함께였다는 생각이

떠올랐다.

내가 들어가자 조지아나와 엘리제가 일어서서 맞아

주었지만, 분위기가 어색했다. 그들은 나를 에어 씨라고

불렀다.

"리드 부인은 좀 어떠세요?"

옛날에 꾸중을 듣느라 늘 불려 갔던 방이었다. 방이

어둠침침하여 커튼을 젖히고 침대를 보았다. 리드 부인이

힘없이 누워 있었다. 시간이 복수심을 누그러뜨리고 나쁜

감정을 녹여 준다는 것은 고마운 일이었다. 나는 허리를 굽혀

그녀에게 키스했다.

"네가 제인 에어니?"

"네. 기분은 어떠세요, 외숙모님?"

오래 전, 이 여자를 다시는 외숙모라고 부르지 않겠다고
맹세한 일이 떠올랐다. 지금 그 맹세를 깨뜨리는 것은 결코
죄가 아닐 것이다. 다시 그녀가 나를 바라보았다. 그 눈길은
여전히 냉정했다. 나는 나에 대한 그녀의 마음 또한 변하지
않았다는 것, 또 변할 수가 없다는 것을 깨달았다. 리드
부인은 혼잣말처럼 내뱉었다.

"로드 학교에 열병이 퍼져 많은 학생이 죽었지. 그런데
그 아이는 죽지 않았어. 죽어 주었으면 좋겠다 생각했는데!"

"그러셨어요? 어째서 그 아이를 미워했나요?"

"나는 그 애의 어머니가 처음부터 싫었어. 내 남편의 유일한
동생인데 남편이 몹시 사랑했기 때문이야. 그녀가 죽었다는
소식을 듣고 남편은 바보처럼 울었어. 후에 그 아이를
데려왔어. 그 아이를 처음 보았을 때부터 나는 미웠어.
남편은 숨을 거두기 한 시간 전에 나에게 버리지 않겠다는
약속을 하게 했지."

그녀는 흥분하기 시작했다.

"밤에는 늘 이렇게 혼잣말을 해요. 아침에는
좀 차분해지시지만요."
베시가 진정제를 먹이며 말했다. 리드 부인은 곧 꾸벅꾸벅
졸기 시작했다.
다시 그녀와 얘기를 한 건 열흘이 지나서였다. 그 동안
사촌들은 상대도 해 주지 않았지만, 다행히 챙겨 온 그림
도구가 있어 적적하지 않게 시간을 보낼 수 있었다.
바람이 많이 불고 비가 오는 오후였다. 나는 누구 하나
돌보는 이 없이 의식을 잃은 채 누워 있는 그녀를 보살피고
있었다. 이불을 덮어 주며 그녀를 들여다본 다음 창가에
서 있었다.
"거기 있는 게 누구니? 아니, 너는 제인 에어를 닮았구나!"
나는 공손하게 리드 부인에게 다가가 내가 제인이라고
알렸고, 베시가 남편을 보냈더라는 얘기를 했다.
"나는 너에게 두 번이나 큰 잘못을 저질렀어. 내 자식들과
똑같이 키우겠다고 남편에게 맹세한 것을 지키지 않은
일이지. 또 하나는……."
최후의 고통이 찾아왔는지 말을 끊었다가 이었다.
"이젠 얘기를 다 해야겠구나. 내 화장품 상자에서 편지를

꺼내 오너라."

나는 그녀가 시키는 대로 했다.

"그걸 읽어 보거라."

> 부인, 나의 조카 제인 에어의 주소와 지금 상황을 알려
> 주셨으면 합니다. 저는 그 동안 열심히 노력하여 상당한
> 재산을 저축했습니다. 하지만 저자식도 없는 몸이라 살아
> 있는 혈육 중의 한 명인 제인을 양녀로 삼고, 죽을 때는
> 이 세상에 남기는 모든 것을 그 애에게 주고 싶습니다.
>
> — 마데이라에서 존 에어 보냄

그것은 3년 전의 편지였다.

"어째서 내게 이 소식을 전하지 않았지요?"

"내가 너를 너무 싫어했기 때문이지. 네가 조금이라도
잘 되는 게 싫었다. 내게 덤벼들던 그 분노와 내가 너를 몹시
학대한다는 걸 알리겠다고 말했을 때의 그 표정과 목소리를
잊을 수가 없었다. 아아, 물을 줘, 빨리!"

나는 물을 주면서 말했다.

"이제 그런 건 생각하지 말고 풀어 버리세요.
그 때는 어렸으니까요. 벌써 9년이나 흘렀어요."

"나는 잊을 수가 없었어. 그래서 복수를 한 거야. 네가
존 에어 씨의 양녀가 되어 잘 되는 것은 견딜 수 없었으니까.
나는 편지를 보냈단다. '대단히 서운한 일이지만 제인 에어는
로드에서 티푸스에 걸려 죽었습니다.' 라고."
"이제는 그 일을 잊어버리세요."
나는 리드 부인에게 가까이 다가가 그녀의 얼음처럼 차가운
손을 감싸쥐었다.
그녀는 끝내 나의 손을 거부하더니 밤 열두 시에 숨을
거두었다. 그녀의 부싯돌 같은 눈은 차가운 눈시울에 덮여
있었다. 어느 누구도 눈물 한 방울 흘리지 않았다.
나는 로체스터 씨로부터 일 주일의 휴가밖에 얻지 않았지만
게이츠헤드에 한 달이나 머물렀다. 장례식이 끝난 후
곧 돌아가고 싶었지만 조지아나와 엘리제가 더 있어 달라고
부탁했기 때문이다.
돌아오는 여행은 몹시 지루했다. 6월 어느 날 오후
여섯 시경, 나는 손필드의 옛길을 걷기 시작했다. 집을 비운
사이에 생긴 일은 페어팩스 부인으로부터 들어 알고 있었다.
로체스터 씨는 결혼 준비를 하기 위해 런던으로 갔을 거라고
짐작했다.

손필드가 가까워지자 반가움과 기쁨에 마음이 들떴다.
더 큰 기쁨은 커다란 나무 밑을 지나 돌계단이 있는 좁은
문을 보았을 때였다. 연필과 수첩을 들고 거기에 앉아 있는
로체스터 씨를 보았던 것이다. 그를 보자 반가움에 온몸이
떨려 왔다. 그를 만나는데 이렇게 떨릴 줄은 생각지도
못했다.

"야아! 돌아왔군요! 제인 에어, 밀코트에서 걸어왔어요?
그래, 역시 당신다운 행동이야. 마차도 부르지 않고 평민처럼
걸어오다니. 마치 꿈이나 그림자처럼 황혼 속에 나타났구려.
도대체 지난 한 달 동안 당신은 무얼 하느라 나를 이토록
기다리게 했어요? 나를 완전히 잊고 있었겠지요!"

그의 말은 내게 큰 기쁨과 위로가 되었다.

"런던에 가 계신 줄 알았는데요?"

"물론 갔었지요. 저기 저 사륜 마차를 보세요, 제인. 어때요,
로체스터 부인에게 어울리는지 말해 주세요. 당신은 나를
미남으로 바꿔 주는 마법이나 약 같은 것을 줄 수 없나요?"

"그런 것은 마법의 힘으로는 안 돼요."

이렇게 대답하고 나서 속으로 덧붙였다.

'마법은 사랑하는 눈으로 충분해요. 내 눈에는 당신이

미남으로 보인답니다.'

손필드에 돌아온 뒤, 평온한 나날이 계속되었다. 그러나
주인의 결혼에 대해서는 아무 얘기도 없었고, 또 아무 준비도
하지 않았다. 오직 한 가지, 나를 놀라게 한 일이 있었다.
로체스터 씨가 잉그램을 만나기 위해 여행을 한 일이 없다는
사실이었다. 더 놀라운 것은 결혼이 깨졌다는 소문이었다.
나는 로체스터 씨가 화가 나 있거나 슬픔에 잠겨 있는지
궁금했다. 그런데 그의 얼굴은 오히려 밝고 명랑해 보였다.

찢어진 면사포

그러던 어느 날, 로체스터 씨와 산책길에서 만나게 되었다.

사실은 그가 기다리고 있었던 것이었다. 나는 그가 결혼하면

곧 떠나야 한다는 이야기를 꺼냈다.

"전 제 생각대로 살아가는 자유인이에요. 내 의지로 판단하여

이 곳을 떠나려고 해요."

"제인, 당신이 일생 동안 내 옆에 있어 주기를 바라오.

나의 신부로서 이 세상에서 가장 좋은 친구가 되어 주시오."

"제가 당신의 신부가 되다니요? 당신에게는 잉그램 양이

있잖아요?"

"아니, 내 신부는 여기 있소. 제인, 나와 결혼해 주겠소? 나는 잉그램 양에게 아무런 애정도 갖고 있지 않아요. 그건 당신도 잘 아는 일이오. 그녀 역시 나를 사랑하지 않아요. 그것을 알아보기 위해, 나의 재산은 남들이 생각하는 액수의 삼분의 일에 지나지 않는다고 소문을 퍼뜨렸소. 역시 예상대로 그녀와 그녀의 어머니는 나를 차갑게 대하더군."

나는 소리쳤다.

"당신 외엔 친구도 없고, 당신이 주는 돈 외엔 1실링도 가지지 않은 제게 청혼을 하신단 말예요?"

"그렇소. 제인, 나는 당신을 신부로 맞고 싶소. 어서 그렇게 하겠다고 대답해 주시오."

"진정이세요? 정말 저를 사랑하세요? 그렇다면 당신과 결혼하겠습니다."

그는 뺨을 내 뺨에 부비면서 가만히 속삭였다.

"나를 행복하게 해 주오. 나도 당신을 행복하게 해 주겠소."

로체스터의 고백을 들은 나는 정말 행복했다. 거울 속에 비친 나의 얼굴은 이제 전처럼 못생겨 보이지 않았다. 얼굴에 생기가 돌았으며 희망이 넘쳐흘렀다.

나는 수수하지만 깨끗하고 가벼운 여름 드레스를 꺼내

입었다. 그 옷은 그 어느 때보다 내게 잘 어울렸다. 왜냐하면
나는 이토록 행복한 기분으로 옷을 입은 적이 없었기
때문이다.

"제인, 당신은 갓 피어난 꽃 같구려. 나의 신부, 에어
로체스터! 오늘 당장 밀코트로 가서 옷을 사도록 합시다.
결혼식은 4주일 이내에 교회에서 조용히 합시다."

"저, 묻고 싶은 게 있어요. 당신은 그 동안 왜 잉그램 양에게
청혼한 것처럼 보이려고 애쓰셨나요?"

"내가 잉그램 양에게 청혼한 체한 것은, 내가 당신을 미친 듯
사랑하는 것처럼 당신 역시 나를 사랑하도록 만들려는
거였소. 질투는 목적을 달성시키는 데 가장 효과가 크다고
여겼소."

"로체스터 씨, 제가 얼마 전까지 겪었던 괴로움을 누군가에게
주는 게 아닐까요?"

"착한 아가씨, 당신같이 순결한 사랑을 지닌 사람은
이 세상에 다시 없을 거야. 잉그램 양은 나를 사랑하지 않은
사람이라 상관 없어요."

"그렇다면 이제 당신 생각을 페어팩스 부인에게 전하세요.
어제 저녁에 우리가 함께 있는 것을 보고 크게

놀라더라구요."

"그렇게 하리다."

로체스터에게 소식을 들은 페어팩스 부인은 나를 보자
조금은 어색한 미소를 지으며 무언가 축하의 말을 하려고
했다. 그러나 미소는 사라지고 말은 꼬리가 잘려 버렸다.

"미스 에어, 분명 꿈은 아니지요? 당신에게 로체스터 씨가
청혼한 게 사실인가요? 글쎄, 주인님이 5분 전에 이리로
오셔서 한 달 내에 당신을 아내로 맞겠다는군요."

"로체스터 씨는 제게도 그렇게 말씀하셨어요."

"내 머리론 도저히 상상이 되지 않는군요. 결혼에 있어선
지위와 재산이 비슷해야 돼요. 더구나 두 분은 나이가
스무 살이나 차이나잖아요."

"그런 것은 걱정 마세요, 부인!"

"당신을 슬프게 하는 건 안됐지만, 당신은 너무 젊어서
남자를 몰라요. 그러니 조심해야지요."

"그렇다면 내가 도깨비라도 된다는 말씀이세요? 로체스터
씨가 제게 애정을 느끼는 건 이해할 수 없는 얘기가 되나요?"

"그런 말이 아니에요. 당신은 참 좋은 사람이고 또 요즘
몰라보게 아름다워졌어요. 하지만 주인님 같은 분이 가정

교사와 결혼한다는 것은 드문 일이에요."

나는 그만 화가 치밀었다. 이 때, 존이 와서 마차가
준비됐다고 말했다.

나는 로체스터와 함께 밀코트로 갔다.

로체스터 씨는 무조건 좋은 걸 사 주려 했다. 비단옷
가게에서 겨우 그를 끌어 내고 다시 보석상에서 끌어 냈을
때에야 비로소 안도의 한숨을 쉬었다. 그가 물건을 많이 사면
살수록 나는 곤란함을 느끼며 얼굴이 붉어졌다.

돌아오는 길에 여태껏 까맣게 잊고 있던 일이 문득 생각났다.
친척 되는 존 에어가 리드 부인에게 보낸 편지, 그가 날
양녀로 하여 유산을 물려주고 싶어한다는 일 말이다. 나는
마음 속으로 생각했다.

'로체스터 씨의 인형이 되긴 싫다. 사치의 대상이 되어
황금을 받아 쓰기는 싫어. 존 아저씨에게 이분과의 결혼
사실을 알려야겠어. 언젠가는 상속할 재산이 있다는 생각을
하고 시집을 가면 지금 이분의 신세를 지는 게 그리
큰 부담은 아닐 테니까.'

이 생각은 어느 정도 위안이 되었다. 나는 곧 실행에 옮기며
로체스터 씨에게도 그 일을 알렸다.

"저는 다만 편안한 마음을 가지고 싶을 뿐이에요. 앞으로도
계속 아델의 가정 교사로 일할 거예요. 그것으로 집과 식사를
제공받고, 연봉 30파운드를 받겠어요. 그 돈으로 제 옷을
사고 당신에게선……."

"내게선?"

"당신의 마음을 받는 것으로 충분해요. 그 보답으로
제 마음을 드리니까요. 그걸로 빚은 갚게 되는 거예요."

"흠, 당신의 냉정함과 순수한 마음에서 나오는 자존심은
아무도 당해 내지 못하겠소."

"맞아요. 전 고집불통이에요. 한 달의 여유가 있으니 제 나쁜
성격을 보시고 결혼을 취소하셔도 돼요."

이런 나의 생각이 받아들여져서 약혼 기간은 서로 지켜보며
거리를 두는 기회가 되었다.

어느새 약혼 기간이 끝나, 결혼식을 이틀 앞둔 날이었다.
볼일이 있어 다른 곳에 간 그는 끝내 돌아오지 않았다. 나는
잠을 이룰 수가 없었다. 오후부터 불기 시작한 바람 소리
사이사이로 기분 나쁜 소리가 들려 마음이 몹시 불안했다.
꾸벅꾸벅 졸던 나는 가위에 눌린 듯 놀라 눈을 떴다. 웨딩
드레스와 면사포를 넣어 두었던 옷장 문이 열려 있었다.

순간 사람의 그림자가 옷장 앞에 나타나더니 촛불을 높이
쳐들고 옷걸이에 걸려 있는 옷을 보았다. 나는 유모 소피인
줄 알고 물었다.

"소피, 뭘 해?"

그런데 소피가 아니었다. 리어도 아니고 페어팩스 부인도
아니었다. 물론 그레이스 풀도 아니었다. 나는 벌떡 일어나
그 사람의 얼굴을 보았다. 순간 온몸의 피가 얼어붙는 것
같았다. 지금까지 한 번도 본 적이 없는 그 여자의 얼굴은
몹시 기분 나빠 보였다. 무서운 얼굴의 여자는 면사포를
자기 머리에 쓰고 거울을 보다가, 갑자기 면사포를 갈기갈기
찢더니 발로 뭉개 버렸다. 그러더니 충혈된 눈으로 나를
노려보았다. 나는 그만 정신을 잃고 말았다.

다음 날, 집으로 돌아온 로체스터 씨는 이렇게 말했다.

"이제 내가 곁에 있으니 안심해요. 악몽을 꾼 거예요."

하지만 꿈이 아니었다. 내가 아침에 깨어났을 때, 찢어진 면사포가 방바닥에 나뒹굴고 있었던 것이다.

"찢어진 면사포가 증거인데도 꿈일까요?"

"제인, 내 속 시원히 설명하리다. 그것은 현실과 꿈이 반씩 얽힌 거야. 그 여자는 분명 그레이스 풀이었어. 그 여자가 나를 죽이려고 불을 지른 일, 메이슨을 물어뜯은 일을 생각하면 틀림없어요. 당신은 잠에 취해 정신이 몽롱했기 때문에 그 여자를 다른 모습으로 본 거야. 왜 내가 그녀를 집에 두는지 궁금하겠지만, 결혼 후 일 년이 지나면 설명해 주리다. 지금은 묻지 말아요."

나는 그의 말을 믿기로 했다.

"오늘 밤은 아델의 방에서 자도록 해요. 당신을 혼자 재우고 싶지 않으니까."

그렇게 하는 것이 나도 좋을 것 같았다.

"오늘 밤은 이별이나 슬픈 꿈은 꾸지 말아요. 행복한 사랑과 축복된 결혼식 꿈을 꾸어요."

로체스터의 속삭임을 듣고 잠자리에 들었지만 여전히 잠을 이룰 수가 없었다.

엉망이 된 결혼식

결혼식 날이 되었다. 일곱 시에 소피가 옷을 입혀 주러 왔다.

옷을 입고 서둘러 아래층으로 갔다. 그는 계단 밑에서

기다리고 있었다.

"백합처럼 아름답군요."

웨딩 드레스를 입은 내 모습을 본 그는 기쁨을 감추지

못했다.

결혼식을 올릴 교회는 손필드 저택 가까이에 있었다.

그는 교회로 출발하며 하녀에게 말했다.

"교회에서 돌아오면 곧 신혼 여행을 떠날 수 있게 준비해 두게."

"네, 알겠습니다."

가는 길에 나지막한 무덤 사이를 거닐며 이끼 덮인 비석에
새겨진 글자를 읽고 있는 낯선 두 남자를 만났다. 그들은
우리를 보자 교회 뒤쪽으로 돌아갔다. 우리는 조용하고
소박한 교회 안으로 들어갔다. 하얀 옷을 입은 목사가 낮은
제단에 서 있고 옆에는 서기가 있었다. 그런데 구석진 곳에
조금 전에 본 두 남자가 우리보다 먼저 들어와 있었다.

식이 진행되었다. 드디어 목사님이 엄숙한 목소리로 결혼의
신성함을 물었다.

"두 사람은 이 결혼이 합법적으로 성립되지 못할 어떤 문제가
있으면 감추지 말고, 지금 고백하기 바랍니다.

아무 결함이 없나요?"

이 때, 구석에서 결혼식의 엄숙함을 깨는 목소리가 들려왔다.

"이 결혼은 성립될 수 없습니다."

몰래 숨어 들어온 두 남자 중 한 명이었다.

로체스터 씨가 다급한 목소리로 외쳤다.

"식을 계속하십시오."

그러나 목사님은 성경책을 덮으며 말했다.

"지금 한 말이 사실인지 거짓인지 밝혀질 때까지 이 식은
중단합니다."

조금 전의 목소리가 앞으로 나오며 말했다.

"중단이 아니라 이 결혼식은 무효입니다. 로체스터 씨는 이미
결혼을 했고, 아내가 지금 살아 있습니다."

나는 온몸이 굳어져 로체스터 씨를 바라보았다. 바윗돌처럼
굳어 있던 그가 날카로운 눈빛을 보내며 물었다.

"당신은 도대체 누구요?"

"나는 런던에 살고 있는 변호사 브리그스요. 당신의 부인이
살아 있다는 걸 확인시키려고 왔습니다."
"그럼, 증거를 대 보시오."
브리그스 씨는 주머니에서 종이 한 장을 꺼내더니 읽어
내려갔다.

본인은 아래 사항을 증명합니다. 지금부터 15년 전
영국 xx주 손필드 저택의 소유자 에드워드 페어팩스
로체스터는 상인 조나스 메이슨과 앙토투아네트의 딸인
본인의 누이동생 버사 앙토투아네트 메이슨과 자메이카
스페니시 타운 xx교회에서 결혼했음. 위 교회의 등록 원본에
결혼 기록이 있으며, 그 사본을 본인은 가지고 있음.

                            - 서명자 리처드 메이슨

로체스터는 안간힘을 쓰며 말했다.
"그 서류대로 내가 결혼을 한 사람이라 칩시다. 그렇다면
아내가 살아 있다는 것을 입증할 수 있소?"
브리그스 씨는 자신 있게 대답했다.
"그 부인이 석 달 전까지 살아 있었다는 걸 본 증인이
있습니다."

"당장 그 사람을 불러 와요. 불러 올 수 없거든 썩 꺼져
버리란 말이야!"

"자, 메이슨 씨, 이 쪽으로 나와 주시오."

함께 들어와 있던 또다른 남자가 앞으로 나왔다. 그는 바로
메이슨이었다.

"부인은 지금 손필드 저택에 살고 있습니다. 그녀는 나의
누이동생으로 지난 3월에 만나 보았어요."

나는 로체스터 씨의 입가에서 괴로움으로 일그러진 미소를
보았다. 한참을 고통스럽게 생각에 잠겨 있던 그가 마침내
결심한 듯 입을 열었다.

"모두 사실입니다. 그녀는 지금 살아 있습니다.
우드 목사님께서도 저의 집에 미치광이가 있어, 감시와
보호를 받고 있다는 소문을 들었을 겁니다. 그 미치광이가
15년 전에 결혼한 나의 아내입니다. 바사 메이슨은 3대에
걸쳐 백치며 미치광이가 있는 집에서 태어났지요. 서인도 섬
태생인 그녀의 어머니는 미치광이인데다가 술주정뱅이였고,
바사는 마치 효도라도 하는 것처럼 이 두 가지 점에서
어머니를 꼭 닮았어요. 아아, 나는 누구도 짐작할 수 없는
경험을 했답니다. 내가 결혼한 상대가 어떤 사람인지 한번

보십시오, 그리고 나서 내가 계약을 깨뜨리고 인간다운 삶을

살아도 되는지 어떤지를 판가름해 주시오. 그리고

이 아가씨……."

그는 나를 바라보며 말을 이었다.

"우드, 당신처럼 이 아가씨는 전혀 모르고 있었어요.

거짓 결혼인 줄은 꿈에도 모르고 있어요. 자, 오세요.

내가 그 미치광이에게 안내를 하지요."

그는 날 꼭 끌어당기며 교회를 나섰다. 세 남자도 뒤를

따랐다. 우리가 집에 도착하자 모두 축하를 하려고 우르르

몰려나왔다.

"축하 따윈 필요 없어. 마차도 치워 버려!"

그는 3층으로 오르는 계단을 밟으며, 메이슨을 쳐다보지도

않고 말했다.

"메이슨, 자네는 여기서 그 미치광이에게 물어뜯기고 칼을

맞지 않았나!"

문 하나가 나타나고 그는 그것을 열었다. 그레이스 풀의

모습이 보였다. 그 뒤로 방 깊숙한 구석에 짐승인지 사람인지

알 수 없는 그림자 하나가 이리저리 뛰어다니고 있었다.

그림자는 마치 야수처럼 이것저것 할퀴고 또 킁킁거리다가는

날카로운 소리와 함께 벌떡 일어섰다. 마치 옷을 입은
하이에나 같았다. 그레이스 풀이 놀라서 소리쳤다.
"이를 어째! 주인님, 당신을 알아보았어요, 위험해요!"
"칼을 가지진 않았겠지? 나는 괜찮아."
"위험해요!"
그레이스 풀이 외치자 세 남자는 약속이나 한 듯 물러섰다.
로체스터 씨가 나를 뒤로 밀쳤다. 여자가 맹렬한 기세로
달려들어 그의 목을 물어뜯으려고 했다. 로체스터 씨는
다행히 그레이스 풀이 재빨리 내민 끈으로 여자를 묶어
의자에 비끄러매었다. 로체스터 씨는 처량하고 쓸쓸한
미소를 지으며 모인 사람들을 보았다.
"방금 전에 여러분이 본 장면이 우리 부부가 할 수 있는
유일한 포옹이오."
우리는 모두 말없이 그 곳에서 나왔다.
변호사가 내게 말했다.
"이쯤에서 막을 수 있었으니 참 다행이오. 당신 아저씨도
퍽 기뻐하실 거요. 마데이라로 메이슨 씨가 돌아갈 때까지
아저씨가 살아 계신다면 말이오."
"마데이라에 계시는 제 아저씨를 아세요?"

"에어 씨와 메이슨 씨는 오래 전부터 사업적 거래를 하고
있었어요. 당신이 로체스터 씨와 결혼한다는 편지를 보냈을
때, 메이슨 씨와 로체스터 씨가 서로 아는 사이라는 것을
아는 터라 얘기했답니다. 그러자 메이슨 씨는 놀랍고
걱정스런 마음에 그 동안의 일을 이야기한 것입니다.
아저씨는 병중이므로 이 결혼을 중지시켜 달라고 부탁한
거지요. 아무튼 때를 놓치지 않아 다행입니다."
모두 돌아가자 나는 방문을 걸어 잠그고, 침착한 마음으로
드레스를 벗었다. 나는 이제 그의 곁을 떠나야만 했다. 언제,
어떻게, 어디로 가야 하나? 나는 일어설 의지도, 피할 용기도
없이 넋을 잃고 누워 있었다.
나는 오후가 되어서야 일어나 사방을 둘러보며 나 자신에게
물어 보았다.
'어찌하면 좋을까?'
대답은 곧 '손필드를 떠나라' 였다. 하지만 내가 로체스터
씨의 신부가 아니라는 슬픔은 그분 곁을 떠나는 것에 비하면
아주 작은 것이었다. 이 곳을 떠나면 다시는 그분을 볼 수
없다는 공포에 휩싸여서 나는 밖으로 나왔다. 종일 아무것도
먹지 않은 탓에 현기증으로 넘어지는 나를 로체스터 씨가

붙들었다. 문 앞에 의자를 갖다 놓고 종일 지키고 있었던
것이다.

"제인, 당신을 괴롭힐 생각이 아니었어."

그의 표정과 태도에는 변함없는 사랑이 가득했다. 그는 나를
안고서 아래층으로 내려갔다. 그가 권하는 음식을 먹고서야
나는 기운을 차렸다.

"이제 손필드 저택을 닫아 버리겠어요. 그레이스 풀에게 많은
돈을 주어 내 아내라는 저 악마와 여기서 살도록 하겠소.
모든 준비는 다 되어 있소. 제인, 내일 출발합시다. 이 비참한
공포에서 이제 벗어나고 싶소."

"전 아델과 손필드와도 이별해야 합니다. 낯선 고장으로 가서

새 출발을 하겠어요."

"새 출발은 당연한 소리지. 당신은 나의 아내가 되는 거요.
지중해 연안에 있는 별장으로 가서 안전하고 깨끗한 생활을
합시다. 나는 아무것도 모르고 결혼했던 거요. 신혼 여행이
끝나고서 모든 걸 알았소. 아내의 어머니가 정신 병원에
있었던 것을 나의 아버지나 형은 잘 알고 있었으면서,

3만 파운드의 돈 때문에 나를 결혼시킨 것이었소. 한 번도
가정다운 가정을 가져 보지 못했소. 그녀의 성격은 무서울
정도로 나빠졌지. 그 후 형과 아버지의 죽음으로 내게 유산이
돌아와 부자가 되었지만, 가장 추악하고 불순한 인간이 나와
묶인 셈이 되었지. 당연히 그녀가 살아 있는 동안은 다른
아내를 구할 수도 없었소. 그녀는 정신이 허약한 반면 육체는
몹시 건강해서 내가 죽기 전까지는 살아 있을 거요.
스물여섯에 나는 모든 희망을 잃었소. 그녀는 정신 이상
선고를 받은 후엔 쭉 갇혀 있었소. 그녀는 악마처럼 증오를
담아 '이런 생활은 지옥이다!' 라고 외치곤 했지. 나는
자살하려고 여러 번 총알이 든 총을 준비하기도 했소. 하지만
죽는다는 게 쉬운 일은 아니었소. 그러던 중 '희망'이
되살아났소. 그 여자에게 적절한 보호책을 세워 준다면
하늘과 인간의 도리에 어긋나지 않는 일이라는 생각이
들었던 거요. 그래서 그녀를 영국으로 데려왔고, 그레이스
풀을 간호인으로 고용하게 된 거요."
"그녀를 여기 두고 당신은 무얼 했나요?"
"10년이라는 세월 동안 나그네처럼 떠돌아다녔소. 많은
재산과 전통 있는 가문 덕분에 폭넓은 교제를 하며 지냈소.

그런 생활은 결국 유흥으로 빠졌소. 아델의 어머니
셀린 바랭의 일은 당신도 잘 알고 있으니 그만두리다.
나의 생활이 잘못된 걸 알고 나는 정월에 영국으로 돌아왔소.
그 얼어붙듯이 추운 겨울 오후, 말을 달리다 손필드 저택이
보이는 곳에서 사고를 일으켰을 때 마치 어린애처럼
가냘픈 당신을 만난 거요."

"그만, 이제 그 때의 얘기는 그만 하세요."

"그제야 난 진실한 사랑을 할 수 있다고 믿었소. 바로
당신을. 내가 비겁했었지. 나의 고뇌에 찬 생활을 먼저
고백하고 진실한 사랑의 맹세를 하는 게 순서인데…….
하지만 먼저 당신의 마음을 얻고 싶었던 것이라오."

나는 칠흑 같은 어둠 속에서 불타는 지옥을 느끼며
괴로워했다.

"제인, 한 마디만 해 주시오. '전 당신 거예요,
에드워드.' 라고."

"로체스터 씨, 전 당신 것이 아니에요."

"제인, 그렇다면 당신과 나는 서로 다른 길을 가야 한다는
건가? 나는 어쩌라는 거요?"

"저처럼 하느님과 자신을 믿으세요. 천국을 믿는 거예요.

저세상에서 다시 만날 것을 믿는 거예요. 우리는 누구나
시련을 극복해 나가도록 타고난 거예요."

그는 슬픔에 잠겨 나를 물끄러미 바라보았다. 거칠게
강요하는 것보다 거절하기가 더욱 어려운 얼굴이었다.
그러나 나는 그의 감정에 휘말리지 않았다.

"정말 가는 건가, 제인?"

"네, 그래요."

"오오, 제인! 내 희망, 내 사랑, 내 생명이여!"

그는 슬픔을 참지 못해 크게 소리내어 울부짖었다.

"하느님은 모든 어려움에서 당신을 구원하십니다. 당신을
인도하시고 위안을 주시며, 이제껏 제게 베푸신 친절에 보다
훌륭한 보답을 주십니다."

나는 더 이상 그의 슬픔을 보고 있을 수가 없어 밖으로
나와 버렸다.

그 날 밤, 나는 자리에 눕자 곧 꿈을 꾸었다. 나는 어린
시절로 돌아가, 그 게이츠헤드의 '붉은 방'에 누워 있었다.
구름 사이로 흰 옷을 입은 사람이 '내 딸아, 유혹에서
피하거라!'는 말을 했다. '그렇게 하겠어요, 어머니.'라는
대답을 하며 꿈에서 깨어나자, 7월의 밤은 어느 새 훤히

거두어져 있었다.

자리에서 일어난 나는 짐을 꾸렸다. 며칠 전에 로체스터 씨가
준 진주 목걸이는 남겨 두었다. 그것은 이미 내 것이
아니었다. 환상 속에 사라진, 로체스터 씨의 신부 것이
되어야 마땅했다. 나는 전 재산인 20실링을 주머니에 넣고
방을 나왔다.

'안녕히 계세요, 페어팩스 부인!'

'잘 있어요, 아델.'

로체스터 씨의 방문 앞에 오자 심장이 얼어붙는 듯했다.

'가엾은 주인님, 애태우며 날이 밝기만을 기다리다가
아침이면 나를 찾으시겠지. 버림받았다고 생각하면 얼마나
괴로우실까?'

생각이 여기에 미치자 손이 저절로 손잡이로 갔다. 그러나
이내 그 손을 거둬들이고 복도를 살그머니 걸어 나와 쪽문을
통하여 손필드 저택 밖으로 나왔다. 나 자신이 미웠다.
순수한 사람을 버리고 오다니, 나 자신이 미웠다. 그래도
그에게 다가설 수는 없었다. 나는 혼자 터덜터덜 걸어가며
울음을 삼켰다.

손필드를 떠나다

손필드 저택을 떠나 온 지 이틀이 지난 저녁 무렵,
위트크로스라는 곳에서 마차를 내렸다. 더 멀리 갈 수 있는
돈이 없었던 것이다. 그런데 마차가 떠난 뒤에야 선반 위에
보따리를 두고 내린 것을 알았다. 나는 입고 있는 옷 외에는
가진 것이 전혀 없는 거지가 되고 말았다.
'이제 어쩌면 좋을까, 어디로 가야 하나?'
무작정 걷다가 히스 덤불 속에서 밤을 맞이했다. 별이 빛나는
하늘을 바라보며 나는 로체스터 씨를 위해 기도했다.
그 때 '신은 스스로 창조하신 것을 구원하신다'라는 확신이

솟았다. 신이 창조하신 로체스터 씨도 신이 구원해 주실
거라는 생각을 하며 덤불 속에 누워 깊은 잠에 빠졌다.
다음 날, 더 이상 걸을 수 없을 정도가 되어 바위에 주저앉아
넋을 놓고 있을 때, 멀리서 종 소리가 들려왔다. 언덕 너머에
마을과 교회의 종탑이 보였다. 힘을 내어 마을에 도착하니,
빵과 과자를 파는 작은 가게가 눈에 띄었다. 저것 하나만
먹으면 기운을 차릴 것 같았다. 그러나 내겐 돈이 될 만한
것이 없었다. 가진 거라고는 목에 감은 비단 수건과
장갑뿐이었다. 나는 가게 안으로 들어갔다.
"가정부가 필요한 집이 없을까요?"
"글쎄요, 저는 몰라요."
손님인 줄 알았던 기대가 무너졌는지 주인은 쌀쌀맞게
대했다. 나는 그냥 가게를 나왔다. 버림받고 굶주린 개처럼
헤매는 사이 날이 저물었다. 들판을 넘어서자 교회의
뾰족탑이 보였다. 교회 옆에 작은 집 한 채가 있었다. 용기를
내어 부엌문을 두드렸다.
"목사님, 안 계셔요?"
문을 연 노인은 더 이상 기댈 수 없는 말을 하고는 문을
닫았다.

"목사님은 아버님이 별세하셔서 마쉬엔드로 가셨으니까,
약 3주는 지나야 오실 거예요."

자포자기한 심정으로 다시 한참을 걷다가 해질녘에 한
농가에 들어가 먹을 것을 얻었다. 다음 날도 허기를 이기지
못해 돼지 먹이통에 들어가기 직전의 죽을 얻어먹었다.

'차라리 죽자.'

그 때, 아득히 먼 곳에서 반짝이는 불꽃이 보였다. 나는 지친
다리를 끌고 천천히 불빛을 향해 걸어갔다. 집 안을
들여다보았다. 촛불 곁에서 할머니가 양말을 뜨고 있었다.
난로 앞 의자에는 평화롭고 따스해 보이는 아가씨 두 명이
앉아 있었다. 두 사람 다 검은 상복 차림이었다. 아가씨들은
곧 일어나 안방으로 갔다.

나는 문을 두드렸다. 할머니가 문을 열고, 손에 든 촛불로
나를 의심쩍게 비춰 보며 물었다.

"무슨 일이세요?"

"헛간이라도 좋으니 하룻밤만 재워 주세요. 먹을 것도
좀 나눠 주시고요."

"떠돌이를 재울 수는 없지요. 잘못 찾아왔어요."

"여기서 쫓아 내면 이제 전 죽어요."

"무슨 꿍꿍이속이 있는 게야. 이런 시간에 남의 집 근처를
헤매다니……."
그리고 할머니는 '탕!' 하고 문을 닫아 버렸다. 아아, 더 이상
한 발자국 옮겨 놓을 힘도 없었다. 나는 빗물이 흥건히 고인
섬돌 위에 그만 쓰러지고 말았다.
"누구예요? 아니, 사람이 쓰러져 있다니……."
그림자 하나가 다가오나 싶더니 나를 발견하고선 요란스럽게
문을 두드렸다.
"빨리 문을 열어요! 세인트 존이에요. 다이애나, 메어리!
나, 오빠다!"
"어머, 오빠. 그런데 누구야?"
한 아가씨가 급히 문을 열어 주며 물었다.
"나도 몰라. 문간에 쓰러져 있더구나."
머릿속이 어지러웠다. 나는 그대로 주저앉았다. 세인트 존이
아까 문을 닫아 버렸던 할머니에게 말했다.
"배가 고플 거야. 한나, 그거 우유지요? 빵도 좀 가져다
줘요."
다이애나가 빵을 뜯어서 우유에 적셔 입에 넣어 주었다.
"먹어 봐요."

메어리도 부드럽게 말했다. 나는 입에 넣어 주는 빵을
정신 없이 받아 먹었다.

"처음에 너무 많이 먹이면 안 돼. 그만 줘요."

그들의 오빠가 이렇게 말하고 우유와 빵 접시를 빼앗았다.

"이름이 뭐죠?"

"제인 엘리엇이에요."

나는 순간적으로 가명을 쓰기로 했다.

"어디에 살아요? 아는 사람은?"

나는 머리를 저으며 대답했다.

"만일 제가 주인에게 버림받은 강아지라 해도, 오늘 밤은
이 난로 곁에서 절 내쫓지 않겠지요?"

세인트 존이 말했다.

"지금은 더 이상 말을 하지 말아요. 10분 후에 나머지 빵과
우유를 먹고. 메어리와 다이애나는 저 쪽으로 가자. 의논을
좀 해야겠다."

그들은 안으로 들어갔다. 나는 하느님께 감사드렸다. 몸이
녹아 내리는 듯한 피로 속에서 감사와 기쁨을 맛보며 깊은
잠에 빠져들었다. 그 때부터 깨어났다 또 잠들기를
반복하면서 혼수 상태에 빠진 나는 나흘째 되는 날 겨우

일어나 앉았다. 깨끗이 세탁된 옷이 침대 곁 의자에 놓여
있었다. 부엌으로 내려갔더니 한나가 빵을 굽고 있었다.

"일어나셨어요?"

"네. 이 댁의 주인이 세인트 존이세요?"

"잠시 다니러 오셨어요. 모든 교구에 계시는 목사님이에요."

"목사님요?"

나는 그 목사관을 찾아갔을 때의 일을 떠올렸다.

"세 분의 아버님은 3주 전에 그만 뇌출혈로……."

"그랬군요. 할머니는 이 댁에 오래 계셨어요?"

"거의 30년 됐지요. 저 세 사람을 내가 다 키웠는걸요."

한나는 이야기하기를 좋아했다. 내가 과일을 깎는 동안
그녀는 가루를 반죽하며 쉴새없이 이야기를 해 주었다.
주로 돌아가신 주인과 마나님 이야기, '자제분들'이라고
일컫는 젊은이들 이야기였다. 돌아간 리버즈 씨는 평범한
신사였으나, 이 지방에서 가장 오래 된 가문 출신이었다고
했다. 내가 구즈베리를 다 벗겼을 때, 세 사람이 산책을
마치고 돌아왔다. 세인트 존은 가볍게 목례를 하고
지나쳤으나, 아가씨들은 걸음을 멈췄다. 메어리는 내가
아래층으로 내려올 정도로 좋아져서 다행이라고 말했다.

다이애나는 내 손을 잡고 고개를 끄덕였다.

"저리로 가시죠."

그녀는 나를 일으켜 세워 응접실로 데려갔다.

"자, 여기 앉아요. 차를 가져올 테니까."

다이애나는 바쁘게 방을 들락거리며 차를 준비하고 과자를
가지고 왔다.

"퍽 배고팠지요? 죽말고 아침부터 아무것도 들지
않았다면서요?"

나는 사양하지 않고 먹었다.

세인트 존이 차가운 목소리로 말했다.

"당신의 보호자에게 연락해야겠군요. 집으로 돌아갈 수
있도록."

"솔직하게 말씀드리면, 저는 집도 보호자도 없어요. 영국의
어느 지붕 아래에도 제가 들어설 곳은 없습니다."

"당신의 나이로는 참 드문 일이군요. 아직 결혼 경험이 없나
보지요?"

세인트 존이 묻자 다이애나가 웃으며 말했다.

"존, 이분은 이제 열예닐곱 살 정도인걸요."

"곧 열아홉 살 됩니다. 말씀하신 대로 아직 결혼은 하지

않았구요."

결혼이라는 말을 하고 나니 괴로운 추억이 떠올랐다. 나는
그만 눈물을 글썽거렸다.

"그럼, 여기 오기 전에는 어디에 있었지요?"

"제가 있었던 곳이나 그 곳 사람들에 대해선 말씀드릴 수가
없어요."

나는 짧게 대답했다.

"하지만 당신의 과거를 전혀 알지 못하고는 아무것도 도울
수가 없잖아요? 아무 도움도 필요치 않나요?"

"필요합니다. 최소한의 보수를 얻을 수 있는 일자리를
알아봐 주십시오."

"어떤 경험이 있으며, 무슨 일을 할 수 있는지 이야기해
보세요."

"저는 목사님과 두 아가씨에게 더할 수 없는 은혜를
입었습니다. 목사님이 저의 비밀을 알고 싶어하시는 것도
당연합니다. 저의 아버지도 목사였는데, 부모님 모두 제가
어렸을 때 돌아가셨습니다. 고아가 된 저는 남의 집에
맡겨졌다가 자선 학교에서 교육을 받았지요, 6년간은
학생으로, 2년간은 교사로 생활했습니다. 로드 학원

말입니다. 경영자는 로버트 브로클……."

"브로클허스트 씨라면 나도 알아요. 학교도 본 적이 있어요."

"1년 전, 가정 교사 자리를 구해 로드 학교를 떠나왔습니다.

그곳에서 비교적 평온하게 지냈지요. 그런데 나흘 전에, 어떤

사정이 생겨 그 곳을 떠나지 않을 수 없었습니다. 남의

비난을 받을 일은 아니지만, 누구의 눈에도 띄지 않아야 할

다급한 상황이었습니다.”

“내가 할 일은 당신이 스스로 살아갈 수 있는 길을 마련해

드리는 거겠지요. 하지만 나는 시골 목사일 뿐이에요.

큰 도움을 줄 수는 없을 것입니다.”

“양재일이나 아이 보는 일도 마다하지 않겠습니다.”

“결심이 그렇다면 힘껏 알아보겠습니다.”

세인트 존은 읽던 책을 계속 읽기 시작했고, 나는

곧 물러나왔다.

무어 하우스의 사람들은 무척 다정하고 상냥했다.

다이애나와 메어리는 내게 큰 기쁨을 주었다. 그들 자매는

많은 책을 읽었으며 교양이 있었다. 그들은 내가 그림을

좋아하는 것을 알고는 연필과 그림 도구를 빌려 주었다. 나는

즐겁고 편안한 나날을 보냈다. 세인트 존과는 좀처럼

가까워질 시간이 없었다. 그는 교구 안의 병자나 빈민들을

찾아가는 데 대부분의 시간을 보냈다. 다른 사람과 쉽게

융화하지 못하는 우울한 성격 탓도 있었다.

한 달이 지났다. 두 자매는 곧 가정 교사 일을 맡아 떠날
예정이었고, 나는 급히 일자리를 찾아야 할 형편이었다.
어느 날, 세인트 존과 단둘이 있게 되자 솔직하게 물었다.
"혹시 제가 할 일을 알아보셨나 해서요."
"당신이 즐거워 보였고 동생들도 당신을 좋아하기 때문에,
애들이 이 곳을 떠난 후에 얘기할 생각이었습니다. 동생들이
떠나면 나는 한나와 함께 모튼의 목사관으로 떠나고, 이 집은
문을 닫아 둘 겁니다. 세련되고 고상한 당신에게 어울리지
않는 일자리 같아 걱정이지만, 남을 돕는 직업이란 어떤
것이든 나름대로 가치가 있다고 생각합니다."
"좀더 자세히 말씀해 주세요."
"문명의 혜택을 받지 못한 아이들을 위해 여자 학교를
세우려고 합니다. 그 곳에서 아이들을 가르치는 일입니다.
급료는 1년에 30파운드이며, 우리 교구에서 가장 부유한
올리버 씨의 외동딸 올리버 양이 간단한 가구도 마련해
두었습니다. 올리버 양은 가사일을 돌볼 아이를 고아원에서
하나 데려오겠답니다. 어때요, 해 볼 마음이 있는지요?"
사실 썩 마음 내키는 자리는 아니었다. 그러나 몸을
숨기기에는 차라리 좋을 것 같았다. 또 부잣집의 가정

교사보다는 자유로울 것 같았다.

"감사합니다. 힘껏 해 보겠습니다."

다이아나와 메어리는 떠날 날이 다가오자 섭섭한지 말수가
적어졌다. 이 때, 그들의 삼촌이 세상을 떠났다는 소식이
전해졌다. 세 사람은 그리 슬퍼하지 않는 것 같았다.
다이애나가 내게 얼굴을 돌렸다.

"우린 그분을 본 적이 없어요. 아버지는 삼촌 말만 믿고 어떤
사업에 손을 댔다가 실패했지요. 그 때문에 사이가 멀어진 채
오늘에 이른 거예요. 그 후 삼촌은 일이 잘 돼서 2만
파운드란 재산을 만들었어요. 핏줄은 우리 셋과 또 한 사람,
우리만큼 가까운 사람이 있을 뿐이에요. 그런데 아저씨는
그 친척에게 모든 유산을 남겼다는 거예요. 아버지는
그 아저씨가 돌아가시면 사죄의 뜻으로라도 우리에게 유산을
줄 거라고 하셨는데…… 오빠에겐 그런 돈이 참으로 의미
있게 쓰여질 텐데 말예요."

다음 날, 나는 마쉬엔드를 떠나 모튼으로 향했다.

뜻밖의 유산과 친척

비로소 내게도 집이 생겼다. 학교도 곧 문을 열었다. 나는
성실한 자세로 열심히 학교일을 돌보았다. 아이들은 나를 잘
따랐고, 나도 그들을 사랑했다. 나는 아이들에게서 배우려는
의지와 노력하는 자세를 발견하고 크게 만족했다. 여러
차례나 아이들의 집에서 기분 좋은 저녁을 보내기도 했다.
학교 운영 자금을 대는 로자몬드 올리버 씨의 외동딸 올리버
양은 가끔 숙소에 들러 여러 가지를 돌봐 주었다. 올리버
양은 복스럽고 세련되었으며 꽃처럼 예뻤다. 꾸미지 않아도
멋있었고, 돈 많은 집 딸이라는 오만함도 전혀 없었다.

그녀는 세인트 존을 무척 따르며 좋아했다. 하지만 그녀를
바라보는 세인트 존은 차갑도록 정확하고 사무적이었다.
올리비 양은 내가 먹고 자는 방에도 자주 들렀다. 어느 날
그녀는 내가 그린 그림을 보고는 놀랍다는 듯 소리를 질렀다.

"정말 굉장해요. 제 초상화를 그려 주실 수는 없어요?"

"네, 그려 드리지요."

11월 5일, 그 날은 휴일이었다. 올리버 양의 초상화를
마무리하느라 한참 정신이 팔려 있는데 노크 소리가 났다.
곧 세인트 존이 모습을 나타냈다.

"이 초상화 어때요, 닮았나요?"

"참 잘 그렸어요."

"제가 목사님이라면 이 그림의 주인공을 얼른 붙잡겠어요.
그분은 목사님을 좋아해요. 그분의 아버님도 목사님을
존경하세요."

"그녀가 날 분명히 좋아합니까?"

"틀림없어요. 누구보다도 목사님을 따르던걸요. 항상 목사님
얘기만 하고 있어요. 언제나 목사님에 관한 얘기만 듣고
싶어해요."

"그런 말을 들으니 기분이 좋군요."

그는 말을 마치더니 테이블 위에 놓인 모자를 집어 들며
다시 한 번 초상화를 보았다.

"이것을 목사님께도 한 장 드릴까요?"

"필요 없어요. 그게 무슨 소용입니까?"

그러나 그는 빨려들기라도 한 듯 느닷없이 초상화를 집어
들더니 자세히 들여다보았다. 그러고는 이해할 수 없다는
의아한 얼굴로 나를 돌아다보았다.

"왜 그러세요?"

"아니, 아무 일도 아닙니다."

그가 초상화를 제자리에 내려놓으면서 끝을 아주 조금 찢어
장갑 속에 넣는 것을 보았다. 그는 급하게 눈인사를 보내고는
사라져 버렸다.

초상화의 종이를 살펴보았지만 이상한 구석은 보이지
않았다. 그의 이상한 행동에 대해 잠시 생각해 보았으나
도무지 알 수가 없었다. 그리고 별로 중요한 일이라고
생각되지 않아 더 이상 신경 쓰지 않고 금세 잊어버렸다.

세인트 존이 돌아가고 난 후부터 눈이 계속해서 내렸다.

다음 날, 휘날리는 눈보라를 헤치고 뛰어들어온 것은 세인트
존이었다.

"무슨 볼일이라도?"

"손님한테 그런 질문은 너무하잖소. 그러나 굳이

대답하자면, 잠시 당신과 얘기를 하고 싶습니다."

그는 의자에 앉았다. 머리 위에 얹힌 눈을 털어 내고 하얀

얼굴을 난로 가까이 대고 있는 것을 보니 흡사 대리석 조각품

같았다. 그런데 이야기를 하고 싶다고 말한 그는 언제까지나
입을 열 기색이 아니었다.

그는 버펄로 가죽 수첩 속에서 꺼낸 편지를 묵묵히 읽을
뿐이었다. 그런 다음 편지를 접어 놓고 여전히 생각에 잠겨
있었다. 괘종 시계가 여덟 번을 울린 후에야 비로소 그는
제정신으로 돌아왔다.

"잠깐 책을 놓고 이리 와 보시오."

내가 자리에 앉자 그는 낮은 목소리로 이야기를 꺼냈다.

"당신이 꼭 들어야 할 얘기가 있소. 지금으로부터 20년 전,
어느 가난한 목사와 가문 좋은 집 따님이 서로 사랑하여,
두 사람은 주위의 반대를 무릅쓰고 결혼을 했습니다.
그 후 1년이 채 못 되어 이 철없는 부부는 딸아이를 하나 남겨
놓은 채 죽고 말았습니다. 이 아이는 외삼촌 댁인, 이름을
밝혀도 좋겠지요. 게이츠헤드의 리드 부인에게
맡겨졌습니다. 그 부인은 10년 동안 이 아이를 키웠지만,
나중에 로드 학원으로 보냈습니다. 잘 아시지요? 당신이
오래 있었다는 그 학교 말이에요. 그 학교에서 그녀의 생활은
모범적이었답니다. 그래서 당신처럼 그녀도 학교에서
선생님이 되었고, 그 지방을 떠나 로체스터라는 사람이

보호하고 있는 아이의 가정 교사로 가게 된 것입니다."

"목사님."

나는 그의 말을 가로막았다.

"잠깐, 끝까지 들어주시오. 로체스터 씨는 이 젊은
아가씨에게 정식 청혼을 했습니다. 그런데 마침내
결혼하려는 마당에 그에게 미친, 그러나 살아 있는 아내가
있다는 사실이 밝혀졌지요. 한밤에 손필드 저택을 빠져 나간
그녀를 찾는 일은 헛수고로 돌아갔습니다. 그런데 그녀를
꼭 찾아야만 할 일이 있습니다. 모든 신문에 광고가 나고,
내게도 브리그스라는 변호사로부터 상세한 내용이 담긴
편지가 와 있습니다."

나는 조급한 마음이 되어 물었다.

"로체스터 씨는요?"

"로체스터 씨에 대해서는 아는 게 없어요. 지금 말한
편지에도 그에 대해선 아무것도 씌어 있지 않아요."

"로체스터 씨를 만난 사람은 없나요?"

"브리그스 씨에 의하면, 그 편지는 여자의 필체로 '앨리스
페어팩스'라 서명되어 있었습니다."

나는 등골이 오싹해지고 가슴이 마구 떨려 왔다.

'고삐 끊어진 말에 매인 채 헤매고 다니는 모습일 텐데…….
가엾은 나의 주인님.'

세인트 존이 수첩을 꺼내 조심스럽게 펼쳤다. 그 사이에서
급하게 찢어 낸 종이 조각이 나왔다. 그는 일어나서 그것을
내 눈 앞에 내밀었다. 분명 나의 글씨체로 '제인 에어'라는
이름이 씌어 있었다. 그림에 정신이 팔려 내가 무심코 적었을
나의 본래 이름이었다.

"브리그스 씨는 내게 제인 에어라는 사람에 관해 편지를 보내
왔습니다. 이제 당신의 진짜 이름을 시인하겠지요?"

"네. 하지만 브리그스 씨는 어디 계시죠? 목사님보다도
로체스터 씨의 일을 더 잘 알고 있을 거예요."

"그는 런던에 있습니다. 그가 관심을 가지고 있는 것은 그런
게 아니니까요. 브리그스가 왜 당신을 찾는지, 무슨 볼일이
있는지 알고 싶지 않아요?"

"무슨 일 때문인데요?"

"마데이라에 있는 당신의 아저씨가 돌아가셨다는 것, 그가
전 재산을 당신에게 남겼기 때문에 이제 당신은 부자가
되었다는 것을 알려 주려는 거지요."

"얼마나 되는데요?"

"아마 2만 파운드라고 하지요. 뭐 대단하지는 않습니다."

"2만 파운드라구요?"

나는 숨이 막혔다. 기껏해야 4, 5천 파운드일 거라고
생각했었다. 세인트 존은 일어서서 외투를 입었다.

"잠깐만 기다려 주세요!"

"왜요?"

"전 브리그스 씨가 왜 목사님께 문의해 왔는지를 알고
싶어요. 브리그스 씨는 목사님의 친척인가요?"

"목사라는 직업이 때로는 묘한 일에 관계되지요."

"아녜요. 그걸로는 이해되지 않아요!"

그의 석연치 않은 변명은 나를 이해시키기보다 오히려
혼란스럽게 만들었다.

"그걸 솔직히 얘기해 주세요."

"지금은 별로 얘기하고 싶지 않아요."

"해야 돼요. 지금 해 주셔야 돼요."

"당신은 내가 당신과 같은 성이라는 것은 모르는
모양이군요. 내가 세인트 존 에어 리버즈라는 걸."

"어머나, 전혀 몰랐어요. 목사님 책에 이름 첫 글자 E가 적혀
있었지만, 나는 그 글자가 뭘 뜻하는지 전혀 알지

못했어요."

"우리 어머니는 에어라는 이름을 가졌습니다. 어머니에겐
두 명의 형제가 있었는데, 목사였던 한 사람은 게이츠헤드의
제인 리드와 결혼했고, 한 분은 마데이라의 삼촌인 존
에어입니다. 우리는 지난 8월, 변호사인 브리그스 씨로부터
아저씨의 사망 소식을 들었습니다. 그리고 아저씨가
전 재산을 동생의 딸인 '제인 에어'에게 남긴다는 것도
알았습니다. 몇 주일 전에 브리그스 씨는 행방이 묘연한 유산
상속자에 대해 알아볼 방법이 없겠는가 하고 편지로 물어
왔습니다. 나는 우연히도 종이 위에 갈겨쓴 그 사람의 이름을
발견한 것입니다. 이제 그만하면 다 아시겠지요?"

"그럼, 목사님의 어머니가 제 아버지의 누님이시군요? 제겐
고모님이시구요?"

그는 고개를 끄덕였다.

"목사님과 다이애나와 메어리는 존 아저씨의 여동생의
아이고, 전 존 아저씨의 남동생의 아이로군요. 목사님 남매는
저와는 이종 사촌이 되고……."

"그렇소. 우리는 사촌간이오."

나는 그를 바라보았다. 현관에 쓰러져 죽어 가는 나를 구해

준 그 위엄에 찬 젊은 신사가 나의 형제였던 것이다.

나는 뜻밖의 사실에 펄쩍 뛰며 외쳤다.

"아아, 기뻐요! 정말 기뻐!"

세인트 존은 미소를 지었다.

"부자가 된 사실에는 덤덤해하며 이마를 짚더니만

대수롭지도 않은 일에는 기뻐 날뛰니……."

"대수롭지 않다니요? 제겐 반쪽의 살붙이도 없었는데

세 사람의 친척이 생겼어요. 어떻게 기쁘지 않겠어요?

정말 기뻐요."

나는 방 안을 서성거리며 생각했다.

'내 생명의 은인들, 내가 얻은 재산은 그들의 것이기도 하다.

2만 파운드를 넷으로 나누는 거야. 이건 보통의 유산이

아니다.'

즐거운 결심이 서자 그에게 말했다.

"날이 밝는 대로 편지를 보내, 메어리와 다이애나를 오게

해 주세요. 그 2만 파운드는 아저씨의 조카 넷이 공평히

분배하는 거예요. 전 욕심쟁이가 아니에요. 이젠 저도 가정과

가족을 가질 거예요."

"당신은 흥분해서 그렇게 말하고 있는 거예요. 그것이 정말

본심인지 며칠 더 생각해 보세요."

"핏줄에 대한 저의 애정을 믿지 않으시나요? 여동생으로
받아들이고 싶지 않은 거예요?"

"제인, 나는 기꺼이 당신의 오빠가 되겠소. 학교일은
이제부터 어쩔 생각입니까, 미스 에어. 문을 닫을까요?"

"아니에요. 후임자가 정해질 때까지 계속 일할 거예요."

이 대답에 그는 머리를 끄덕이며 미소를 지었다. 우리는
악수를 하고 헤어졌다.

유산 문제가 나의 결심대로 되기까지는 퍽 힘이 들었다.
그러나 나는 내 주장을 조금도 바꾸려 하지 않았다. 그들이
내 입장이었더라도 나와 똑같이 했을 것이라는 사실을
깨닫고서야 사촌들은 내 뜻에 따랐다.

유산 문제는 크리스마스가 되어서야 겨우 정리되었다. 나는
가르치던 아이들과 헤어지기가 아쉬워 매주 한 시간씩
수업을 하기로 약속했다.

일이 마무리되자 목사관에 있던 한나와 함께 무어 하우스로
향했다. 다이애나와 메어리를 맞을 준비를 하기 위해서였다.
드디어 목요일이 되었다. 사촌들이 도착하는 날이었다.
맨 먼저 세인트 존이 나타났다. 나는 그 앞에 서서 집 안을

한 바퀴 돌았다. 그런데 그는 방 안을 대충 들여다볼 뿐
반응이 없었다. 혹시 내가 그의 옛 추억을 잘못 건드렸나
싶어 걱정이 되었다.

"절대 그렇지 않아요. 추억거리는 모두 잘 보존되어 있군요."
그는 곧 책장 속에서 책을 꺼내더니 창가로 가서 읽기
시작했다. 나는 갑자기 깨달았다. 그는 누구에게도 좋은
남편이 될 수 없다는 걸. 올리버 양을 향한 그의 마음을
생각해 보았다. 곧 이런 생각이 들었다.

'평온한 가정 생활을 마다하는 것도 무리는 아냐. 선교사가
되려면 그럴 수밖에 없어.'

"아가씨들이 오셨어요!"
한나의 말에 이어 메어리와 다이애나가 즐겁게 웃으며
들어섰다. 두 사람은 나의 실내 장식 솜씨가 마음에 든다고
칭찬을 아끼지 않았다. 나의 고생이 그녀들의 귀향에 고운
색채를 더했다고 생각하니 기뻤다.

우리 세 여자에게는 더없이 즐거웠으나, 세인트 존에겐
그다지 유쾌하지 않았던 크리스마스 주간이 끝났다.
우리는 다시 평화롭고 조용한, 전처럼 규칙적인 생활로
돌아갔다.

환경과 운명의 변화로 인해 로체스터 씨를 잊어버리게 되지 않을까 걱정했지만 절대 그렇지 않았다. 유산 문제로 브리그스 씨와 편지 왕래를 하면서 이것저것 물었으나, 그에 대해서는 아무 소식도 들을 수 없었다. 페어팩스 부인에게도 편지를 보냈으나 2주일이 지나도 답장이 없었다. 나는 다시 한 번 편지를 썼다. 역시 무소식인 채로 반 년이 흘렀다. 희망은 마침내 빛을 잃고 말아, 나의 세계는 온통 암흑이었다.

어느 날, 한나가 내게 편지가 왔다고 알려 주었다. 그러나 그것은 사무적인 내용만 담긴 브리그스 씨의 편지였다. 너무나도 기대가 어긋나, 나는 눈물을 흘렸다.

"제인, 나와 함께 산책하겠소?"

"다이애나와 메어리도 부를게요."

"아니, 오늘은 우리 둘만 갑시다."

세인트 존과 나는 어깨를 나란히 하고 험한 골짜기의 오솔길을 걷고 걸었다.

"6주 후에 나는 출발합니다. 6월 20일에 떠나는 동인도 항로의 선실을 예약해 두었어요."

"하느님이 보호해 주실 거예요."

"그 곳에 나의 기쁨과 영광이 있소. 나는 절대 잘못을
저지르지 않을 신의 종이오. 제인, 나와 함께 갑시다.
조수이자 협조자로, 아내로 나와 함께 해 주시오."
순식간에 언덕이 높이 솟아올랐고, 골짜기도 대지도
빙글빙글 돌았다. 나는 소리쳤다.
"세인트 존! 그게 무슨 말인가요? 아아, 용서하세요.
나는 자격이 없어요. 하느님은 절 부르지 않아요."
"제인, 당신은 강직하고 충실하고 욕심 없는 마음을 지녔소.
정말 유순하고도 굳센 마음을 가진 사람이오. 인도 학교의
교사로서, 당신의 협조는 내게 크고도 귀중한 힘이 될 거요."
그는 나의 대답을 기다리고 있었다. 몸이 떨려 왔다. 앞일이
내 눈에 환히 내다보였다.
'나는 손발이 닳도록 일함으로써 세인트 존을 만족시킬
것이다. 그는 절대로 날 사랑하지 않는다. 그러면서도 그는
날 칭찬할 것이다, 내겐 남편으로서 한 가닥의 애정도 갖고
있지 않으면서. 그의 사랑의 표현은 모두 주위를 위해
지불되는 희생의 일종일 것이다. 이 사실을 내가 견딜 수
있을까?'
나는 언덕 쪽으로 시선을 돌린 채 말했다.

"오늘까지 목사님은 제 사촌 오빠였고, 전 동생이었어요.
앞으로도 그러고 싶어요. 목사님과 전 결혼하지 않는 게
좋아요."

"나는 협력자가 필요하오. 형제 아닌 아내가."

나는 그의 얼굴을 뚫어지게 바라보았다. 그는 위엄에 찬
얼굴과 답답한 눈빛, 빛나고는 있지만 결코 애정이 담기지
않은 눈을 갖고 있었다. 나는 늘씬한 그의 풍채를
바라보았다. 그리고 그의 아내가 된 나를 그려 보았다.
아아, 그것은 절대 견딜 수 없는 일이었다.

"되풀이해서 말합니다만, 전도의 벗으로라면 기꺼이
목사님을 따라가겠습니다. 그러나 결혼은 안 돼요."

"지금은 이만 해 둡시다. 나는 내일 케임브리지로
출발합니다. 그 곳의 친구들에게도 작별 인사를 해야
하거든요. 한 2주간 집을 비우게 되는데, 그 동안 내가 말한
것을 생각해 봐 줘요."

그는 참된 크리스천답게 나의 고집을 꺾고, 반성하고 생각해
볼 시간을 준 것이었다.

진실한 사랑

그는 다음 날 케임브리지로 떠나지 않았다. 출발을 1주일
연기한 것이었다. 친동생들에게는 더욱 친절해서, 마치 내가
따돌림을 당해 벌을 받고 있는 것 같았다. 케임브리지로
떠나기 전날 밤, 정원을 산책하고 있는 그를 보았다. 비록
지금은 내게 쌀쌀맞게 굴지만 나의 친척이고, 내 목숨을 구해
준 사람이었다. 나는 다시 한 번 그와의 우정을 되찾고자
그에게 다가갔다.

"세인트 존, 저는 슬퍼요. 아직도 제게 화를 내는데, 우리
사이좋게 지내요. 이렇게 헤어지는 건 싫어요."

"우리가 헤어진다고? 당신은 나와 함께 인도로 가는 게 아닌가?"

"네. 목사님과 결혼하지 않겠다는 제 결심은 변함이 없습니다. 저를 지금까지 괴롭히고 있는 일에 대하여 의문을 풀기 전엔 아무 곳에도 갈 수 없어요."

"로체스터 씨 일을 생각하는 거지요?"

"맞아요. 저는 그분이 어떻게 되었는지 꼭 알아야겠어요."

"나는 당신이 신의 선택을 받은 사람이라고 믿어 왔소. 그러나 신은 인간의 눈과는 역시 달랐소."

그는 쪽문으로 나가 골짜기 쪽으로 사라져 버렸다. 안방에 들어가자, 다이애나가 내 어깨에 손을 얹으며 말했다.

"메어리와 나는 혹시 오빠가 제인과 결혼하기를 원하는 게 아닐까 생각했어요."

"네, 그는 내가 아내가 되어 주기를 바라고 있어요."

"그럼 제인, 결혼하는 거야? 그렇게 되면 오빠도 영국에서 사는 거죠?"

"어림도 없어요. 나에게 결혼하자는 건, 인도에서의 힘든 생활에 협력자를 얻기 위함일 뿐이에요."

"그 나라에 가면 제인은 석 달도 못 살아요. 간다고

승낙했나요?"

"아니요. 결혼은 싫다고 했어요."

"잘 했어요."

"오빠는 털끝만큼도 날 사랑하지 않아요."

"어떻게 알지요?"

"그는 배우자를 원하는 게 아니에요. 상대방을
하나의 도구로밖에 생각지 않는 남자와 일생을
같이한다는 것은 끔찍한 일이잖아요."

"물론이에요. 그런 결혼은 인정할 수 없지요."

저녁 식사 때, 그는 '요한 계시록' 제21장을 봉독했다.
기도가 끝나고 다이애나와 메어리가 방을
나갔을 때 그가 말했다.

"만일 내가 인간적인 자존심을 생각한다면 결혼 문제에
대해선 다시 말하지 않을 것이오. 그러나 나는 나의 임무에
귀기울이고, 나의 제일 목표인 하느님의 영광을 위해 모든
것을 행한다는 목표를 잃지 않기로 했소."

그의 표정은 자기 연인을 대하는 게 아니라 길 잃은 양을
불러들이는 목사의 그것이었다. 나는 그에 대해 존경을
느꼈다. 그 존경은 너무 커서 거절해야 한다는 생각조차 잊게

만들었다. 공포가 깨지고 저항하는 힘이 마비되었다. 세인트
존과 나와의 결혼이 갑자기 가능한 일로 여겨지려고 했다.

"지금 결정할 수 있습니까?"

"목사님과의 결혼이 신의 뜻이라는 확신만 있다면 지금
여기서 결혼을 맹세할 수 있어요. 나중 일은 어찌 되든지."

나는 진심으로 내가 옳은 일만을 하기 원했다.

"아아, 나아갈 바를 가르쳐 주세요. 가르쳐 주십시오!"

나는 하늘을 우러러 애원했다. 방 안에는 달빛이 가득 찼고
나의 심장은 강렬하게 고동치고 있었다. 갑자기 이상한
기운이 몰려와 심장을 뚫는 듯했다. 그 순간 전율이 온몸에
퍼졌다. 어디선가 부르짖는 목소리가 들려왔다.

'제인! 제인!'

그것은 사람의 목소리였다. 내가 사랑하는 에드워드
페어팩스 로체스터의 목소리였다. 그는 괴로움과 슬픔에
지친 목소리로 가슴을 찢을 듯이 나를 부르고 있었다.

"기다리세요! 곧 가겠어요!"

나는 문으로 달려가 복도를 내다보았다. 세인트 존이
뒤따라와서 붙잡으려는 것을 뿌리쳤다. 나는 그에게 아무
것도 묻지 말아 달라고 했다. 2층의 내 방으로 돌아와 방문을

잠그고 무릎을 꿇고 기도를 올렸다. 감사의 기도를 마치고,
나는 하나의 굳은 결의를 마음에 새긴 다음 자리에 누웠다.
자는 둥 마는 둥 시간은 흘러 아침이 밝아 오고 있었다.
나는 물건들을 정리했다. 현관문이 열리고 세인트 존이
나가는 소리를 들었다. 나는 내가 들은 목소리가 어디서부터
들려온 것인지를 생각했지만 알 수 없었다.
그것은 밖으로부터가 아닌 나의 마음에서 들려온 것 같았다.
'나를 부른 목소리의 주인공에 대해서 알아봐야 해.
편지는 소용 없으니 직접 찾아가는 거야.'
나는 오후 세 시에 무어 하우스를 나와, 위트크로스에서
손필드까지 타고 갈 역마차를 기다리고 있었다. 손필드로
돌아가려는 내가 마치 제 집을 찾아가는 통신용 비둘기
같다고 생각되었다.
그로부터 이틀 후인 목요일 아침, 마차는 어느 길가 여관
앞에서 멋었다. 나는 짐은 마부에게 맡겨 두고 곧장
걸어갔다. 손필드를 떠나던 날 정신 없이 헤쳐 나온
들판이었다. 가슴이 두근거렸다. 기쁨이 내 걸음을 재촉했다.
나는 부지런히 걸어 과수원의 낮은 울타리를 따라 모퉁이를
돌았다.

순간 호화로운 저택 쪽으로 조심스레 눈을 돌린 나는 충격에

가슴이 무너져 내렸다. 그 곳엔 까맣게 타 버린 폐허만 남아

있었다. 지붕도 벽도 굴뚝도 모두 허물어지고 없었으며,

주위에는 죽음과 같은 침묵과 고요만이 가득 차 있있다.

잡동사니들 속에 봄풀이 무성하게 자라 있는 걸 보면,

이 재앙은 오래 전에 일어난 것임을 알 수 있었다.

'이 폐허의 불행한 주인은 어디로 갔을까?'

나는 곧 길을 되돌아갔다. 모든 것은 여관에 가서 알아보는

수밖에 없었다.

"로체스터 씨는 지금도 손필드에 계시나요?"

"손님은 여기가 처음이라 지난 가을의 일을 모르시는군요.

손필드 저택은 추수 무렵에 타 버렸지요. 한밤중에 불이 나,

미처 소방차가 오기도 전에 불길 속에 휘말렸습니다."

"불은 왜 났는지 밝혀졌나요?"

"미친 사람이 갇혀 있어서요. 그 미치광이가 자기 옆방의

커튼에 불을 붙인 다음 2층에 있는 가정 교사의 방으로

갔대요. 다행히 그 곳엔 아무도 자고 있지 않았지요. 가정

교사는 두어 달 전에 달아나 버렸으니까요. 로체스터 님은

마치 세상에서 제일 가는 보물이라도 잃은 것처럼

사방팔방을 헤매고 다녔지만 못 찾았지요. 그래서 낙심한
나머지 페어팩스 부인을 먼 친척집에 보내고, 양녀인 아델도
학교에 보낸 후, 외부와 일체 연락을 끊은 채 숨어 사는
것처럼 혼자 지냈어요."

"영국을 떠난 게 아닌가요? 불이 났을 때 로체스터 씨는 집에
있었나요?"

"그분은 하인들을 모두 깨우고 피신시켰지요. 미치광이
부인을 구하려고 다시 불 속으로 들어갔는데, 지붕 위로
올라간 미치광이는 고함을 지르며 몸을 내던졌답니다.
저택은 몽땅 타 버리고 지금은 뼈대만 남았지요. 가엾은
에드워드 님! 이중 결혼을 하려 했기 때문에 벌을 받은
것이라고들 하지만, 참 안됐어요. 장님이 되어 버렸어요."
"장님요?"
"그분은 사람들을 모두 피신시킨 다음 집 안에 있다가
미치광이가 뛰어내리자 계단을 내려오셨어요. 그 때 건물이
무너졌지요. 이제 앞도 못 보고 의지할 사람도 없이 생활하고
있답니다."
"그분은 지금 어디 계셔요?"
"여기서 30마일쯤 떨어진 펀딘 농장의 쓸쓸한 별장에
산답니다."
"누구랑요?"
"존 노인과 그 부인 메어리와 함께 있대요. 그 외엔 아무도
못 오게 하니까요."
나는 더 이상 머뭇거리고 있을 수 없었다. 그래서 여관
주인에게 말했다.

"오늘 어둡기 전에 나를 펀딘에 데려다 주면 당신과 마부에게
요금의 갑절을 지불해 드리겠어요."

여관 주인은 마부를 소개했고, 마부는 내가 바라는 속도로
펀딘을 향해 마차를 몰았다.

낡고 허름한 펀딘 별장은 숲 속에 깊숙이 묻혀 있었다.

좁은 현관문이 천천히 열리고 그림자 하나가 어둠 속에 나와
계단 위에 섰다. 모자도 쓰지 않은 남자는 비가 오나
알아보는지 손을 내밀었다. 나는 알았다. 비록 어둠 속이긴
했지만 그가 틀림없는 나의 주인 로체스터라는 것을.

학대받은 우리 속의 야수처럼 자포자기한 표정이 느껴졌다.
팔짱을 끼고 머리 위로 떨어지는 비를 맞던 그는 더듬거리며
집 안으로 들어가 문을 닫았다.

한참을 서 있던 나는 다가가 문을 두드렸다. 존의 부인이
나왔다.

"어머, 에어 선생님이군요?"

나는 그녀의 손을 잡으며 부엌으로 갔다. 존 노인이 활활
타는 불 앞에 앉아 있었다. 나는 노부부에게, 그 동안의 일을
대충 들었으며 로체스터 씨를 만나러 왔다고 했다. 마침
그 때 안방으로 연결된 벨이 울렸다. 안방을 다녀온 존

부인은 물컵을 촛대와 함께 쟁반에 올려놓았다.

"내가 가지고 갈게요."

쟁반을 받아들자 나는 손이 떨려 왔다. 안방은 음침했다.
내가 들어가자 파일럿이 귀를 곧추세우며 내게 덤벼들었기
때문에 하마터면 쟁반을 떨어뜨릴 뻔했다. 나는 쟁반을 탁자
위에 놓고

"가만히 있으렴."

하고 낮게 말했다. 로체스터 씨는 기계적으로 돌아보았다.
그러나 그는 한숨을 내쉬며 몸을 원래대로 돌려 버렸다.

"물을 가져와, 메어리."

물컵을 들고 그의 곁으로 다가갔다. 파일럿이 다시금
흥분하여 내게로 왔다. 나는 또 타일렀다.

"파일럿! 얌전히 있으라니까."

그는 물을 입에 가져가면서 귀를 기울였다.

"메어리, 거기 있는 건 너지?"

"메어리는 부엌에 있어요."

"누구야! 그럼 넌 누구야?"

그는 손을 더듬거렸다. 나는 두 손으로 그의 손을
꼭 움켜쥐었다.

"오오, 그 사람의 손이다! 이것은 그 사람의 조그맣고 가는
손이야. 손말고도 또 있겠지?"
그는 나의 팔을 붙들고, 어깨와 허리를 잡으며 끌어갔다.

"제인이지? 이것은 제인의 몸집이야."

"이것은 제인의 목소리예요. 마침내 당신을 찾아서
돌아왔어요!"

"사랑하는 제인! 살아 있었군! 이건 틀림없는 당신의 손과
얼굴이오. 그러나 그토록 비참했던 내가 이렇게 행복해질
리는 없어. 꿈이야. 밤마다 똑같이 그 사람을 껴안는 꿈을
꿨어. 그 꿈의 연장이겠지."

"오늘부터 절대로 당신 곁을 떠나지 않겠어요."

"떠나지 않는다고? 다정하고도 아름다운 꿈이여, 이제껏
꾸어 온 꿈처럼 너는 다시 도망치고 말겠지."

"아니에요. 이제 제 마음대로 살 수 있는 조건이 되었어요."

"그건 또 무슨 뜻이오, 제인?"

"마데이라의 아저씨가 돌아가시면서 5천 파운드의 유산을
제게 물려주셨어요."

"아, 이건 사실이다. 그 사람의 독특하고 상냥하면서 생동감
있는 목소리, 내게 생명을 불어넣는 그 목소리!"

"당신만 괜찮다면 당신의 이웃, 당신의 간호사, 가정부,
뭐라도 좋아요. 당신의 눈과 손이 되어 드릴게요."

"오오, 이 기쁨을 다시는 놓치지 않을 테야. 당신을 놓치지

않겠어."

"네, 나도 영원히 당신 곁에 있겠어요."

"하지만 당신은 언제까지 나의 간호사로 있을 수는 없어.

당신은 젊으니 언젠가는 결혼해야겠지."

"결혼 같은 것은 생각하고 있지 않아요."

나의 말은 모두 그에게 용기를 주는 듯했다.

그 앞에서 나는 행복하게 살 수 있었다. 마찬가지로

내 앞에서 그도 행복했다.

"수다쟁이 아가씨! 당신은 지난 열두 달 동안 전혀 느껴 보지

못한 기분을 내게 안겨 주는군."

"정말 다행이에요. 그럼 저는 이만 실례합니다. 사흘이나

쉬지 않고 여행을 해서 무척 피곤해요. 안녕히 주무세요."

나는 웃으며 도망쳐 나와 계단을 올라갔다.

다음 날 아침, 일찍부터 그가 일어나 방마다 돌아다니는

소리를 들었다.

"비도 멎고 푸근해졌어요. 산책도 할 수 있겠어요."

나의 말 한 마디만으로도 그의 얼굴에 불이 켜졌다. 환한

웃음이 되살아났다.

"오, 역시 있었군, 나의 종달새! 떠나지 않았군.

숲 속의 당신 친구들은 아까부터 지저귀고 있었지.
그러나 그 소리는 내게 아무런 의미도 없소. 환하게
솟은 태양도 제인이 없는 곳에서는 소용 없어요."
그의 고백에 눈물이 솟아올랐다. 나는 음울한 숲을
벗어나 밝은 들판으로 그를 데리고 갔다. 들판이
얼마나 푸르게 빛나는지, 화초며 생나무 울타리가
얼마나 생명력이 있는지를 그에게 들려 주었다.
"무정하고 야속한 사람, 나를 버리고 가다니! 돈 한 푼

없이, 돈이 될 만한 물건조차 가지지 않고 떠난 것을 알았을
때 내 마음이 어땠는지 아오? 자아, 그 동안 어떻게 지냈소?"
나는 재촉을 받으며 지난 1년 동안의 일들을 이야기해
주었다. 그는 아무 계획도 없이 자기를 떠나 버린 것은
지나쳤다고 말했다.

"제인, 최근에 나는 내 운명을 어루만지는 신의 손길을
인정하게 되었소. 참회를 하며 조물주에게 진심어린 기도를
드리게 되었소. 나흘 전, 월요일 밤이었소. 진한 슬픔 속에서
문득 당신이 오래 전에 죽었으리라는 생각이 들었소. 아마
열한 시에서 열두 시쯤 되었을까, 잠자리에 들기 전 나는
신에게 기도했소. '신이여, 원하시거든 이 목숨도
가져가시오. 거기에 가면 제인을 다시 만날 희망이 있지
않나요?' 하고. 그러면서 무의식적으로 내 소망의 전부인
당신의 이름을 불렀소. '제인! 제인!' 하고."

"그것을 소리내어 말씀하셨어요?"

"그래요, 제인. 만일 누군가 들었다면 날 미쳤다고 했겠지.
나는 정신 없이 그 말을 내뱉었으니까."

"월요일 밤 열두 시 가까운 때였다고요?"

"내가 '제인!' 하고 외쳤을 때 대답이 들렸어. '가겠어요!

기다려 주세요!' 라는 대답이 말이오. 잠시 후

바람결에 들려온 말은 '어디 계세요?' 였소. 제인,

그것은 분명 당신 목소리였소."

아, 그 월요일 밤에 나도 분명히 그 신비한 목소리에 귀를

기울이고 있었다. 그리고 그가 들은 것은 바로 그의 소리에

답한 내 목소리였다.

"어젯밤 당신이 내 앞에 와 섰을 때, 너무 그리워한 탓에

환상이 나타난 줄로만 알았소. 그 한밤중의 속삭임처럼

곧 침묵 속으로 사라질 것이라고 생각했소."

그는 경건히 모자를 벗으며 보이지 않는 눈을

아래로 깔고 조용히 기도를 드렸다.

"감사합니다. 심판 때에도 신은 자비로우셨나이다.

구세주여, 간절히 비오니 이제부터는 지금껏 살아온 것보다

밝은 나날을 누릴 수 있도록 용기와 힘을 주옵소서!"

나는 그의 지팡이가 되어 숲 속을 걸어 집으로 향했다.

그로부터 많은 날을 허비하지 않고, 나는 그와 결혼했다.

그와 나, 그리고 목사와 서기 네 사람만이 참석한 조용한

결혼식이었다. 교회에서 돌아와 나는 말했다.

"메어리, 나는 오늘 아침 로체스터 씨와 결혼했어요."

"정말이에요? 주인님을 위해 퍽 다행한 일이에요. 정말
잘 하셨습니다, 에어님."

나는 무어 하우스와 케임브리지에 곧 편지를 보냈다.
편지에는 이렇게 되기까지의 과정을 자세히 적어 보냈다.
다이애나와 메어리는 축하의 말을 보내 왔다.
세인트가 나의 편지에 답장을 보낸 것은 6개월 후의
일이었다. 그는 로체스터 씨와 나의 결혼에 대해서는
한 마디도 하지 않았다. 그의 편지는 아주 딱딱하고
사무적이었으나 따스함이 배어 있었다.

아델을 맡긴 학교의 규율은 너무 엄격하고, 공부 역시
어려웠다. 나는 그녀를 집으로 데려와 가정 교사가 되어 볼
생각이었으나, 현실로는 불가능했다. 나의 시간과 관심, 모든
것을 남편이 차지했기 때문이었다. 그래서 시설이 좋고
가까운 학교로 옮겨 주었다.

지금 나는 결혼 10년째로 접어들었고, 더없이 행복하다.
왜냐하면 남편은 나의 생명이며, 나는 그의 생명이기
때문이다. 그는 나를 진심으로 사랑했기 때문에 나의 시중을
미안해하거나 고통스러워하지 않았다. 내가 그를 그토록
사랑하고 있다는 것, 나의 진심어린 시중을 받는 일이 내게

가장 큰 즐거움을 주는 일이라는 걸 그는 알고 있었다.

어느 날 아침, 나는 편지를 쓰고 있었다. 그 때 그가
다가오더니 얼굴을 바짝 대고 말했다.

"제인, 당신은 꽤 번쩍거리는 목걸이를 하고 있군요. 옷은
엷은 하늘색이야?"

내 차림새는 분명 그가 말한 대로였다. 그는 한쪽 눈에 덮인
어둠이 확실히 좀 덜한 것 같다고 말했다. 그것은
희망이었다.

남편과 나는 런던으로 나왔다. 안과 의사의 치료를 받고 나서
그는 한쪽 눈의 시력을 되찾았다. 첫아들을 품에 안았을 때
나는 말로 다 할 수 없는 감동을 느꼈다. 아기는 이전의
그처럼 크고 반짝이는 까만 눈을 하고 있었다. 그 때 그는
자비로우신 신이 심판의 고삐를 풀어 주었다고 믿으며
진심으로 기뻐했다.

세인트 존 리버즈는 영국을 떠나 인도로 갔다. 그는 자신이
선택한 그 길로 들어서서 어떠한 어려움과 위험에도 뜻을
굽히지 않고, 헌신적으로 인류를 위해 봉사하고 있다. ✿

세^계명^작 시리즈와 함께 논리 논술 **Level Up !**

● **이해 능력 Level Up!**

1. 주인공 제인 에어에 대한 설명으로 맞는 것을 고르세요.

   1) 고아가 된 여자 아이다.

   2) 아버지만 돌아가신 남자 아이다.

   3) 친척이 아무도 없다.

   4) 아버지는 의사였다.

   5) 나중에 간호사가 되었다.

2. 로이드 씨가 다음 밑줄 친 것처럼 한 이유는 무엇인가요?

> 이 날 로이드 씨는 리드 부인에게, 나를 학교에 보내도록 권했다고 했
> 다. 그 일은 며칠 후 에버트와 베시가 하는 말을 들어서 알게 되었다.

   1) 제인이 너무 멍청해서

   2) 제인이 예의가 없다고 생각해서

   3) 존이 그렇게 하라고 시켜서

   4) 제인이 이 곳에서 벗어나고 싶다고 했기 때문에

5) 학교에 학생이 모자랐기 때문에

3. 붉은 방에 갇힌 제인이 무서워한 이유가 아닌 것을 고르세요.

   1) 아무도 사용하지 않는 빈 방이므로

   2) 리드 씨가 숨을 거둔 방이므로

   3) 무서운 도깨비 이야기가 생각나서

   4) 죽은 사람이 살아 온다는 이야기가 떠올라서

   5) 벌을 서는 방이므로

4. 다음 밑줄 친 것이 가리키는 사람은 누구인가요?

> 그녀는 게이츠헤드에서 내게 친절하게 대해 주는 유일한 사람이었다.

   1) 베시   2) 엘리제   3) 리드 부인
   4) 조지아나   5) 에버트

5. 학교로 가기 위해 게이츠헤드를 나온 제인은 어디에서 나오는 기분이라고 했나요?

   1) 병원   2) 감옥   3) 학교
   4) 즐거운 집   5) 교회

6. 제인이 들어간 학교의 이름은 무엇인가요?

　　1) 게이츠헤드 학교　　　　　2) 손필드 학원

　　3) 로드 학원　　　　　　　　4) 브로클허스트 학교

　　5) 무어 하우스

7. 제인이 들어간 로드 학원에 대한 설명으로 맞는 것을 고르세요.

　　1) 설립자는 템플 선생님이었다.

　　2) 반 자선 학교였다.

　　3) 부모가 있는 아이들만 들어갈 수 있었다.

　　4) 영재들만 모아서 교육하는 곳이다.

　　5) 수녀가 되고 싶은 학생이 다니는 곳이었다.

8. 헬렌이 '원수를 사랑해야 한다.'고 말하자 제인은 다음과 같이
　　대답했습니다. ( ) 안에 들어갈 사람은 누구인가요?

> "그럼 나는 (　　　　)을 사랑해야겠구나?
> 하지만 난 그렇게 안 돼. 아니, 안 할 거야.
> (　　　　)를 축복하라고?
> 그것은 도저히 불가능해."

　　1) 템플 선생님, 헬렌　　　　2) 베시, 조지애나

　　3) 브로클허스트 씨, 로이드 씨　　4) 에버트, 베시

5) 리드 부인, 존 리드

9. 브로클허스트 씨의 말 때문에 나쁜 아이로 알려져 슬픔에 빠진 제인에게 다음과 같이 말하며 위로한 사람은 누구인가요?

"제인, 누구도 다른 사람이 던진 한 마디로 너를 판단하지 않아. 네가 어떤 아이인지 각자의 눈으로 지켜보는 거야."

1) 세인트 존　　　　2) 로체스터　　　　3) 메디슨

4) 템플 선생님　　　5) 헬렌

10. 로드 학원을 설명한 글이 아닌 것을 고르세요.

1) 음식의 질이 나쁜 곳이었다.

2) 시설이 형편 없는 비위생적인 곳이었다.

3) 안개가 많아 습도가 높은 곳이었다.

4) 부자들이 자녀를 보내고 싶어하는 학교였다.

5) 학생들에게 입히는 옷이나 양말이 형편 없었다.

11. 헬렌의 죽음을 지켜본 제인은 어떤 영향을 받았나요?

1) 사람은 언젠가는 죽게 되므로 숙명으로 받아들인다.

2) 나쁜 사람은 오래 산다.

3) 다른 사람을 미워해도 벌을 받지는 않는다.

4) 로드 학원에 있으면 빨리 죽게 될 것이다.

5) 조금 아플 때 빨리 치료를 받는 게 좋다.

12. 다음은 제인과 병에 걸린 헬렌이 나눈 대화입니다. 밑줄 친 것
    이 가리키는 것은 무엇인가요 ?

> "어디 가는데, 집으로 가니?"
> "응. 나의 영원한 집, 최후의 집으로."
> "싫어, 싫어. 헬렌!"
> 나는 슬픔 때문에 말도 제대로 나오지 않았다.

   1) 헬렌의 집   2) 병원   3) 학교   4) 휴양지   5) 하늘나라

●논리 능력 Level Up!

1. 제인의 부모님은 불행한 삶을 보냈습니다. 두 분은 어떻게 돌아
   가셨나요?

_____

_____

2. 제인은 리드 부인과 대화를 나누다가 다음과 같은 기분을 느꼈습니다. ( ) 안에 들어갈 말은 무엇일까요?

> (   )을 내뱉고 나니 지금까지 느껴 본 적이 없는 자유로움과 승리감이 느껴졌다.

3. 브로클허스트 씨는 어떤 사람이었나요?

4. 선생님과 여러 학생들 앞에서 나쁜 아이, 거짓말쟁이라고 알려진 제인이 누명을 벗은 방법은 무엇이었나요? 자세하게 설명해 보세요.

5. 다음은 점을 보고 온 잉그램 양의 행동을 나타낸 글입니다. 잉그
램 양이 이런 모습을 보인 이유는 무엇인가요?

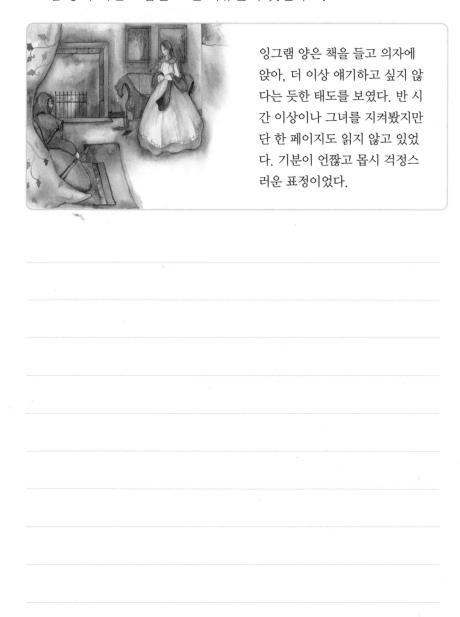

잉그램 양은 책을 들고 의자에 앉아, 더 이상 얘기하고 싶지 않다는 듯한 태도를 보였다. 반 시간 이상이나 그녀를 지켜봤지만 단 한 페이지도 읽지 않고 있었다. 기분이 언짢고 몹시 걱정스러운 표정이었다.

6. 로체스터는 왜 집시 할멈으로 변장하여 아가씨들의 점을 쳐 주었
   을까요?

   _____

   _____

   _____

   _____

7. 메이슨이 왔다는 말에 로체스터 씨가 다음과 같은 반응을 보인
   이유는 무엇일까요?

   로체스터 씨는 나의 손을 잡고 있었는
   데, 내가 얘기하는 동안 그의 손은 몹시
   떨렸다. 그리고 얼굴이 굳어지고 숨이
   막히는 듯 답답해했다.

   _____

   _____

   _____

   _____

8. 다음은 로체스터 씨가 상처를 입은 메이슨 씨를 제인에게 맡기며 한 말입니다. 밑줄 친 것처럼 말한 이유는 무엇인가요?

> "가서 의사를 불러 오겠소. 제인, 피가 다시 나면 지금 내가 한 대로 탈지면으로 닦아 주세요. 이 남자가 기절을 하려고 하면 스탠드 옆에 놓인 물을 먹이고, 소금 냄새를 맡게 해 주세요. 그리고 <u>당신은 이 남자와 말을 해서는 안 돼요.</u>"

9. 제인은 로체스터에게 사랑을 느끼지만 자신과 로체스터의 조건을 비교하며 마음을 돌리려고 합니다. 제인이 비교한 조건들은 무엇이었나요?

10. 로체스터는 제인에게 왜 정식으로 청혼을 하지 못하고 빙빙 돌려서 사랑한다고 했을까요?

_____

_____

_____

11. 결혼식 전에 제인은 누군가 자신의 면사포를 찢어 놓은 것을 발견했습니다. 그러자 로체스터가 다음과 같이 이야기했습니다. 그가 그렇게 말한 이유는 무엇일까요?

> 제인, 내 속 시원히 설명하리다. 그것은 현실과 꿈이 반씩 얽힌 거야. 그 여자는 분명 그레이스 풀이었어. 그 여자가 나를 죽이려고 불을 지른 일, 메이슨을 물어뜯은 일을 생각하면 틀림없어요.

_____

_____

_____

_____

● 논술 능력 Level Up!

1. 다음은 제인과 헬렌이 나눈 대화입니다. 제인의 물음에 헬렌이 어떻게 대답했는지 읽고 어떤 생각이 드는지 써 보세요.

> "스캐처드 선생님이 너를 심하게 괴롭히던데?"
> "괴롭혀? 그렇지 않아. 조금 엄격하실 뿐이야.
> 내가 좀더 잘 하면 꾸중하지 않으실 텐데, 워낙
> 못 해서 그러시는 거야."

2. 제인은 사랑하는 친구 헬렌을 영원히 떠나보내고 템플 선생님과 도 이별하며 큰 충격에 빠집니다. 그 뒤 8년간 몸담았던 로드 학 원을 떠납니다. '회자정리' 라는 한자성어의 뜻을 알아보고, 만남 과 헤어짐에 관한 여러분의 생각을 정리해 보세요.

3. 제인을 찾는 삼촌에게 거짓으로 제인이 죽었다고 한 리드 부인의
   행동에 대해 자신이 제인이라면 어떤 생각을 했을지 써 봅시다.

_____

_____

_____

_____

4. 로체스터 씨와 제인이 나눈 대화를 읽고 외모 지상주의에 대한
   여러분의 생각을 적어 보세요.

어때요, 로체스터 부인에게 어울리는지 말
해 주세요. 당신은 나를 미남으로 바꿔 주
는 마법이나 약 같은 것을 줄 수 없나요?
'마법은 사랑하는 눈으로 충분해요. 내 눈
에는 당신이 미남으로 보인답니다.'

_____

_____

_____

_____

5. 로체스터 씨가 청혼했다는 사실에 놀란 페어팩스 부인은 제인에게 다음과 같이 이야기합니다. 여러분은 이 말에 찬성하는지 혹은 반대하는지, 또 그 이유는 무엇인지 써 보세요.

> "내 머리론 도저히 상상이 되지 않는군요. 결혼에 있어선 지위와 재산이 비슷해야 돼요. 더구나 두 분은 나이가 스무 살이나 차이나잖아요."

---

6. 결혼 조건에는 재산, 신분, 나이, 사랑, 외모 등 여러 가지가 있습니다. 그 조건들 중에서 여러분은 무엇이 가장 중요하다고 생각하나요? 또 그렇게 생각한 이유도 설명해 보세요.

---

7. 로체스터는 과거에 미치광이 아내와 결혼했다는 사정을 털어놓지 않고 제인과 결혼하려고 했습니다. 여러분은 로체스터의 이런 행동에 대해 어떻게 생각하나요?

_____

_____

_____

8. 제인은 손필드 저택을 나오며 다음과 같이 생각합니다. 제인의 마음은 어땠을까요? 또 자신이라면 어떻게 했을 것인지에 대해서도 써 보세요.

> 로체스터 씨의 방문 앞에 오자 심장이 얼어붙는 듯했다.
> '가엾은 주인님, 애태우며 날이 밝기만을 기다리다가 아침이면 나를 찾으시겠지. 버림받았다고 생각하면 얼마나 괴로우실까?'

_____

_____

_____

_____

9. 자신이 유산을 받게 되었다는 것을 알게 된 제인은 다음과 같이
   말했습니다. 이 행동으로 미루어 알 수 있는 제인의 됨됨이와 자
   신을 비교하여 적어 봅시다.

_____

_____

_____

10. 세인트 존은 자신의 종교적 사명을 다하기 위하여 제인에게 신
    부가 되어 달라고 합니다. 세인트 존의 행동에 대해 어떻게 생
    각하나요?

"날이 밝는 대로 편지를 보내, 메어
리와 다이애나를 오게 해 주세요.
그 2만 파운드는 아저씨의 조카 넷
이 공평히 분배하는 거예요. 전 욕
심쟁이가 아니에요. 이젠 저도 가정
과 가족을 가질 거예요."

_____

_____

_____

11. 장님이 된 로체스터와 만난 제인은 다음과 같이 말합니다. 이런
    제인의 생각에 대해 여러분은 어떻게 생각하는지 적어 보세요.

"당신만 괜찮다면 당신의 이웃, 당신의
간호사, 가정부, 뭐라도 좋아요. 당신의
눈과 손이 되어 드릴게요."

12. 숱한 어려움을 꿋꿋하게 헤쳐 나간 제인 에어를 어떻게 생각하는지, 그리고 만일 자신에게 이런 일이 닥친다면 어떻게 극복해 나갈 것인지 적어 보세요.

13. 다음 글을 읽고 세인트 존의 태도에 대해 어떻게 생각하는지 써 보세요.

> 세인트 존 리버즈는 영국을 떠나 인도로 갔다. 그는 자신이 선택한 그 길로 들어서서 어떠한 어려움과 위험에도 뜻을 굽히지 않고, 헌신적으로 인류를 위해 봉사하고 있다.

풀이

이해 능력 Level Up!

1. 1) 2. 4) 3. 5) 4. 1) 5. 2)
6. 3) 7. 2) 8. 5) 9. 4) 10. 4)
11. 1) 12. 5)

논리 능력 Level Up!

1. 제인의 부모는 반대하는 결혼을 했으므로 유산을 한 푼도 물려받지 못했다. 결혼 1년 후, 빈민굴을 돌던 아버지는 장티푸스에 걸렸고, 간호를 하던 어머니마저 병이 옮아 두 분 다 돌아가셨다.

2. 마음 속의 말

3. 돈을 아끼려고 학생들에게 형편 없는 음식을 준 악덕 운영자였다. 또 리드 부인의 말만 듣고 제인을 여러 사람 앞에서 거짓말쟁이라고 말하는 걸 보면 생각이 깊지 못하다.

4. 템플 선생님께 자신의 사정을 있는 그대로 털어놓았다. 템플 선생님은 로이드 의사로부터 제인의 말이 맞다는 걸 확인하고 누명을 벗게 해 주었다.

5. 로체스터가 소문만큼 부자가 아니며, 두 사람은 이루어질 운명이 아니라는 점쟁이의 말을 들었기 때문에

6. 잉그램 양의 마음을 떠 보고 제인에게 자기의 사랑을 전하려고

7. 미치광이 아내의 오빠인 메이슨이 와서 자신에게 아내가 있다는 것이 알려질까 봐

8. 메이슨이 제인에게 자신의 아내에 대해 이야기할까 두려워서

9. 체스터는 부자이고 신분이 높은데, 자기는 가난한 고아에 가정 교사이고, 얼굴도 예쁘지 않고, 나이 차이가 많이 난다는 점을 생각했다.

10. 자기의 조건이 나쁘다는 걸 알기 때문에 제인이 거절할까 봐 두렵기도 하고, 제인의 마음을 확실하게 알지 못했으므로

11. 그레이스 풀이 간호하고 있는 미친 여자가 있으며 일을 저지르는 그 여자가 자기 아내라는 게 알려지지 않게 하려고

논술 능력 Level Up!

1. 예시 : 대부분의 사람은 자기가 잘못한 일로 벌을 받아도 억울하다거나 선생님이 나쁘다고 생각하는데, 선생님의 꾸중과 무서운 벌을 달게 받으며 반성하는 걸 보면서 헬렌은 참으로 착하고 생각이 깊은 아이라고 생각했다.

2. 예시 : 예시 : 회자정리(會者定離)란, 만난 자는 반드시 헤어진다는 말로, 곧 모든 것이 덧없다는 것을 나타내는 말이다. 누구든 무엇이든 만날 때가 있으면 헤어질 때가 오게 마련이다. 나도 10년이나 함께 생활해 온, 가족 같은 강아지가 죽어서 한참 동안 슬퍼하며 다른 강아지를 키우지 못한 경험이 있다.

3. 리드 부인은 정말 용서할 수 없이 나쁜 사람이다. 아무리 밉더라도 핏줄을 찾는 사람에게 죽었다고 거짓으로 전한다는 것은 죄를 짓는 일이다. 자기가 따뜻하게 돌보지 않으면서, 친척을 찾아 행복하게 살 수 있는 길마저 막은 것은 벌받을 일이다.

4. 예시 : 결혼이나 취직 등 크고 작은 일을 치르는 데 있어서 외모가 중요한 잣대로 자리잡은 지 오래다. 사람을 볼 때 외모로 판단하는 것은 옳지 않은 행동이다. 외모와 다른 사람이 얼마든지 많고, 또 외모

보다 더 중요한 것이 많기 때문이다. 세상을 살아가는 데는 외모보다 성격이나 능력이 더 중요하다고 생각한다. 아무리 외모가 뛰어나도 능력이 없거나 사람들과 어울리지 못하는 성격이라면 제대로 살아갈 수 없다.

5. 예시 : 페어팩스 부인의 말이 맞는다고 생각한다. 사람은 살아온 환경이 무척 중요하기 때문에 다른 환경에서 자란 사람은 생각이 다를 수밖에 없을 것이다. 그런데 결혼해서 함께 살 때 생각이 다르다면 무척 힘들 것 같다. 작은 일에도 의견이 달라 싸울 수도 있기 때문이다. 그렇기 때문에 비슷한 환경에서 자란 사람과 결혼하는 게 좋을 것 같다.

6. 예시 : 중요하게 여기지 않아도 되는 것은 재산이라고 생각한다. 재산이 많고 적은 것쯤은 아무것도 아니기 때문이다. 아무리 돈이 많아도 사랑하지 않는 사람끼리 결혼하면 행복하지 않을 것이며 돈은 두 사람이 열심히 노력해서 벌면 된다.

   예시 : 신분은 어느 정도 맞는 게 좋을 것 같다. 자라 온 환경이 너무 많이 다르면 서로를 이해하기 힘들어서 자주 싸우게 될 거라고 생각한다.

   예시 : 나이 차이가 너무 많이 나는 건 좋지 않다고 생각한다. 나이 차이가 많이 나서 한 사람이 먼저 죽으면 불행한 일일 것 같다.

   예시 : 외모는 중요하지 않다. 겉모습이 예쁜 건 일시적이지만 마음이 예쁜 건 평생을 가기 때문이다.

7. 예시 1 : 세상에 비밀이라는 게 있을 수 없다. 더구나 결혼처럼 중요한 결정을 하기 위해서는 모든 사실을 밝혀야 한다. 사실을 숨기면서까지 결혼하려고 한 것은 정말 나쁘다. 끝까지 숨길 수도 없는 일

이며 나중에 알게 되면 결과는 더 좋지 않다는 걸 알았어야 한다. 상대를 진정으로 사랑한다면 처음부터 끝까지 진실해야 한다.

예시 2 : 속아서 미치광이와 결혼했던 로체스터는 불쌍하다. 그로 인해 평생 행복한 결혼 생활을 하지 못하게 된다면 너무 가여울 것이다. 제인이 사실을 알면 결혼하지 않을 것 같아 어떻게 해서든지 결혼부터 하고 싶었던 로체스터의 마음을 이해할 수 있을 것 같다.

8. 예시 : 자신을 너무 사랑했기 때문에 오히려 사실을 밝히지 못한 로체스터의 마음을 잘 알고 있기 때문에 떠나려고 하니 무척 가슴이 아팠을 것이다. 그리고 원망하는 마음보다는 사랑하는 마음이 컸으므로 헤어지기 싫은 생각이 들어 망설였을 것 같다.

9. 예시 : 고아로서 여태껏 고생하며 가난하게 살다가 그렇게 많은 돈이 생겼으니 욕심이 생길 것 같다. 그런데 자기에게 주어진 유산을 똑같이 나누는 걸 보면 제인은 정말 착한 사람이다. 나 같으면 나누더라도 반은 내가 갖고 그 나머지를 세 사람이 나눠 가지라고 했을 것 같다. 그래도 고마워할 테니까.

10. 예시 : 나쁘다고 생각한다. 결혼을 하려면 진짜로 사랑하고 둘이 행복하게 살려고 마음먹어야 하는데 자신의 일을 해내기 위해 제인에게 희생하라는 것과 같으니 말이다. 처음부터 같은 마음으로 그냥 봉사할 사람을 구하는 게 옳은 일이라고 생각한다.

11. 예시 : 조건이 나빠졌는데도 결혼한 걸 보면 진정으로 로체스터를 사랑한다고 생각한다. 그렇지 않으면 쉽게 결정하기 어려운 일일 것이다. 평생 손발이 되어 아기 돌보듯이 보살피며 살아야 하는 것은 힘든 일이다. 정말 대단하다는 생각이 들 뿐이다. 나 같으면 그런 사람과 결혼할 수 있을는지 잘 모르겠다. 친구가 몇 달 동안 깁스를 하고 다녀도

같이 축구를 못 하는 것이 싫어 다른 친구랑 놀려고 하는데 말이다.

12. 예시 : 부모님이 일찍 돌아가셔서 삼촌 댁에서 자란 제인 에어는 삼촌마저 돌아가시고 외숙모와 사촌들의 구박을 받으며 살아간다. 하지만 로드 학원으로 보내져 그 곳에서 템플 선생님을 만나 공부를 하며 훌륭하게 성장한다. 이렇듯 자신에게 닥친 불행을 꿋꿋하게 이겨 낸 제인 에어는 성공한 인생을 살았다고 할 수 있다. 나 같으면 열심히 노력하려는 의지를 잃고 나쁜 길로 빠졌을 것 같다. 또 아무도 나를 사랑하지 않는다는 생각 때문에 괴로워서 그 무엇도 하고 싶지 않을 것 같다. 그런 점에서 제인은 정말 훌륭하다고 생각한다. 의지력도 대단하고 주관이 뚜렷하기 때문에 행복을 얻을 수 있었다.

13. 예시 : 세인트 존은 조금은 융통성이 없는 성격이지만 끝까지 자신이 생각했던 길을 걸어간 것은 대단한 일이다. 게다가 자신을 위해서가 아니라 어려운 사람을 위해 희생하는 길을 선택하고 포기하지 않았다는 것이 놀랍다. 우리 모두가 본받아야 할 점이다.

초등권장도서 세계 명작 시리즈

※효리원 세계 명작 시리즈는 계속 발간됩니다!